BIOGRAFIAS — MEMÓRIAS — DIÁRIOS — CONFISSÕES
ROMANCE — CONTO — NOVELA — FOLCLORE
POESIA — HISTÓRIA

1. MINHA FORMAÇÃO — Joaquim Nabuco
2. WERTHER (Romance) — Goethe
3. O INGÊNUO — Voltaire
4. A PRINCESA DE BABILÔNIA — Voltaire
5. PAIS E FILHOS — Ivan Turgueniev
6. A VOZ DOS SINOS — Charles Dickens
7. ZADIG OU O DESTINO (História Oriental) — Voltaire
8. CÂNDIDO OU O OTIMISMO — Voltaire
9. OS FRUTOS DA TERRA — Knut Hamsun
10. FOME — Knut Hamsun
11. PAN — Knut Hamsun
12. UM VAGABUNDO TOCA EM SURDINA — Knut Hamsun
13. VITÓRIA — Knut Hamsun
14. A RAINHA DE SABÁ — Knut Hamsun
15. O BANQUETE — Mario de Andrade
16. CONTOS E NOVELAS — Voltaire

A RAINHA DE SABÁ

Vol. 14

Capa
Cláudio Martins

Tradução
Edgard Cavalheiro
e
Maria Delling

EDITORA ITATIAIA
BELO HORIZONTE
Rua São Geraldo, 53 — Floresta — Cep. 30150-070
Tel.: 3212-4600 — Fax: 3224-5151
e-mail: vilaricaeditora@uol.com.br
Home page: www.villarica.com.br

Knut Hamsun

A RAINHA DE SABÁ

EDITORA ITATIAIA
Belo Horizonte

2005

Direitos de Propriedade Literária adquiridos pela
EDITORA ITATIAIA
Belo Horizonte

Impresso no Brasil
Printed in Brazil

ÍNDICE

A Rainha de Sabá   9
A Morte de Glahn   28
    Capítulo I   28
    Capítulo II   30
    Capítulo III   33
    Capítulo IV   36
    Capítulo V   40
O Sonhador   44
    Capítulo I   44
    Capítulo II   48
    Capítulo III   52
    Capítulo IV   57
    Capítulo V   63
    Capítulo VI   69
    Capítulo VII   74
    Capítulo VIII   81
    Capítulo IX   86
    Capítulo X   90
    Capítulo XI   96
    Capítulo XII   103
    Capítulo XIII   108
    Capítulo XIV   112
    Capítulo XV   117

A RAINHA DE SABÁ

Em viagem, perambulando de um lado a outro, encontramos, repentinamente, onde menos esperávamos, pessoas conhecidas. Ficamos, então, de tal maneira confusos que nem sequer tiramos o chapéu para cumprimentá-las. Isso me acontece com freqüência. Sim, com muita freqüência. Parece mesmo não ser outro o meu destino.

O que me aconteceu em 1888, está intimamente relacionado com o caso ocorrido na semana passada, durante minha curta viagem à Suécia. É uma história tão simples e vulgar que, talvez, nem valha a pena contá-la. Tentarei, contudo, fazê-la da melhor forma possível.

A última vez que nos vimos, você me perguntou... lembra-se com certeza do que foi... Não preciso estar repetindo. Naquele dia respondi ser um homem sem sorte que, por mais esforços que fizesse, jamais lograva vencer os obstáculos do meu caminho. Não minto. Conto a verdade nua e crua. Não me encontrara nunca tão próximo do noivado e, no entanto, de uma maneira tristemente vulgar, fui escorraçado. Em todos os lugares me mostravam a porta da rua. Não se incomode. Deve ser castigo do céu. Mas, como ia contando, em 1888 consegui dinheiro para uma viagem. Fui, então, à Suécia e, alegremente caminhava ao lado da via férrea, enquanto os trens iam e vinham, uns atrás dos outros. Muitas pessoas me saudavam. "Boas-tardes", diziam, e eu lhes respondia: "Adeus", pois não tinha outra coisa para responder. Quando cheguei a Gueteborg, meus sapatos estavam em tristíssimo estado. Mas não falarei disso. A história que vou contar ocorreu à minha chegada nesse lugar.

Se uma mulher olha-o da janela e depois não se preocupa mais com você, como se nunca o tivesse visto, deve-se deixá-la e não conceber maiores esperanças, não é? Você seria, sem dúvida, um imbecil se imaginasse qualquer coisa desse pobre olhar. Mas se essa mulher não só o olhou com profundo interesse, como ainda lhe ofereceu o quarto, sim, a sua própria cama, numa estação da Suécia, não acha que existe algum fundamento para acreditar em algo e conceber grandes esperanças?

Eu acreditei, na verdade, e tive esperanças até o último momento. Foi há uma semana. Esta história me custou uma horrível viagem, a Kalmar...

Quando cheguei à estação Berbi, já era tarde e, como caminhara o dia todo, resolvi ficar. Procurei o hotel onde pedi quarto e ceia. Podiam dar-me ceia, porém, quarto, nenhum. O hotel estava repleto. Quem me falava era uma jovem, a filha do hoteleiro, como soube depois. Olho-a como se não compreendesse. Hum!... Não desejaria ela insinuar ser eu um norueguês, adversário político?

— Quantos carros, por aqui, disse com indiferença.

— São comerciantes que passam a noite no hotel, respondeu. Por isso é que não sobrou nenhum quarto... E saiu, para tratar da ceia. Ao voltar, falou novamente nos quartos ocupados, dizendo:

— Acho que o sr. devia seguir até a estação seguinte, ou então voltar com o trem para a anterior, pois aqui, como disse, não há mesmo lugar.

Não fiquei aborrecido com aquela ingênua criatura, nem lhe quis ser desagradável, mas não tinha o menor desejo de sair dali. Encontrava-me numa estação pública (vide nota n. 1) e deviam, de qualquer jeito, alojar-me.

— Que belo tempo! acabei dizendo.

— Sim, respondeu ela, seria agradável ir até Iteraa.

Não é longe, uma "boa" légua sueca, quando muito...

Fiquei um tanto ressentido com essas palavras, respondendo grosseiramente: Está claro que, de qualquer maneira, precisam arranjar-me uma cama para esta noite. Não posso seguir, pois estou cansadíssimo...

— Mas se todos os quartos estão ocupados!...

— Que me importa? E sentei-me, bruscamente, numa cadeira.

Com franqueza, sentia remorsos em tratá-la dessa maneira. Não parecia ser por maldade que negava alojamento. Seu rosto tinha uma expressão doce e o ódio que podia sentir para com os noruegueses não me pareceu muito grande.

— Arranje um lugar qualquer, mesmo que seja nesse sofá, não tem importância. Mas o sofá também estava ocupado. Aquilo começava a me preocupar. Para vencer uma "boa" légua sueca, não dispunha de forças. Sabia muito bem como são intermináveis essas léguas suecas.

— Não vê, então, meu Deus!, que de tanto andar, meus sapatos estão escangalhados? Não se pode jogar na rua um homem, com uns sapatos assim...

— É verdade, respondeu sorrindo mas amanhã os sapatos não serão melhores. Tinha razão. Estava sem saber que atitude tomar, quando a porta se abriu e uma jovem entrou, às carreiras. Vinha rindo de alguma coisa e abria a boca para contar. Vendo-me, não sofreu nenhuma perturbação, mas ficou por alguns instantes me observando, até inclinar a cabeça, num cumprimento. Em seguida, perguntou: Que aconteceu, Lota?

Lota respondeu qualquer coisa que não consigo entender, embora perceba referências à minha pessoa. Permaneço sentado, como se naquele instante estivessem jogando o meu destino. De repente olham furtivamente para os meus sapatos e ouço risadinhas abafadas. A que entrara faz um gesto de quem vai retirar-se. Chega até a porta e, como se lhe tivesse ocorrido alguma coisa, volta-se bruscamente, dizendo:

— Lota, posso dormir com você esta noite e ceder o meu quarto...

— Não! cortou Lota, isso não pode ser, senhorita. Silêncio. Logo pensa um pouco.

— Bem, se quer assim... Depois dirigindo-se para o meu lado: a senhorita cede o seu quarto. Salto da cadeira e faço-lhe uma elegante reverência que, parece, não lhe agradou nem um pouco. Agradeci imediatamente, dizendo que jamais esqueceria o favor que me estava prestando. Acrescentei ainda que o seu coração era tão bondoso como lindos eram os seus olhos. Fiz nova reverência, tão elegante como a primeira.

Ela dissera aquilo talvez sem pensar, pois ficou muito corada e se retirou depressa, seguida por Lota. Sozinho, pus-me a pensar. Sim, tudo ia bem. Sorriu, enrubesceu, voltou a sorrir... Não é possível melhor começo. Grande Deus! Que mulher! Apenas 18 anos! Que carinha simpática! Nenhuma pintura, vestido sem enfeite algum, a não ser um pequenino cintinho. E o olhar, tão profundo e triste! E a expressão, tão meiga, tão pura! Jamais vira coisa igual. E me olhara com tanto interesse...

Uma hora depois pude vê-la no pátio da casa, sentada num dos carros, fazendo estalar o chicote, como se tivesse à sua frente autênticos cavalos. Como me pareceu jovial e feliz! Enquanto me aproximo, a vaga idéia de atar-me como cavalo e sair arrastando o carro, começa a se insinuar no meu cérebro. Tiro o chapéu, preparando qualquer coisa para dizer.

Eis que bruscamente, ela se levanta, altiva e grave como uma rainha e, olhando-me por um momento, desce do carro. Jamais esquecerei! Embora não houvesse razão para enraivecer-se daquela forma, estava soberba quando se levantou para descer do carro. Pus o chapéu e muito confuso e decepcionado, fui andando... Para o diabo a idéia de arrastar o carro...

O que se passara, na realidade? Não me cedera o quarto? Por que me aborrecer, então?

Puro golpe de efeito, pensei. Faz isso para me experimentar. Conheço muito bem esses truques... Quer que eu me emocione... Bem! Bem! emocionado já estou. Sentei-me na escada, tirando o cachimbo do bolso. Ao lado, diversos negociantes conversavam. Ouvi abrirem garrafas e barulho de copos lá dentro. A senhorita, porém, desaparecera.

Levava, para ler, unicamente, um mapa da Suécia. Permaneci fumando, doendo-me de puro despeito. Acabei por tirar o mapa do bolso, começando a estudá-lo. Os minutos passam. Lota aparece para guiar-me até o quarto. Levanto e sigo-a. No corredor encontramos com ela...

Agora se passa um fato que recordo perfeitamente: as paredes do corredor haviam sido pintadas naquele dia e a pintura ainda estava fresca, coisa que não tinha percebido. Ao nos encontrarmos, cedo a passagem, encostando-me à parede. Foi um desastre.

Ela gritou assustada.

— Olhe a tinta!

Era, porém, muito tarde. Todo o lado esquerdo já se achava apoiado na parede.

Olha-me muito confusa, e depois a Lota, a quem pergunta.

— Que fazemos com "isto"?

Lota responde:

— Vamos tirar as manchas com qualquer coisa. E ambas soltaram uma gargalhada.

Lota traz então qualquer coisa para tirar as manchas. Sento-me.

E começamos a conversar...

Acredite ou não, dou minha palavra que, ao separar-me, aquela noite, da moça, abrigava as maiores esperanças. Falamos e rimos de tudo, e estou bem certo ter durado perto de meia hora aquela conversa. O que mais? Nada mais. Não creias que me envaideço por isso, mas não podia crer que uma jovem estivesse com um homem mais de meia hora, sem motivo algum. Quando nos despedimos deu-me boa-noite por duas vezes e, ao se retirar, já na porta, pela terceira vez, repetiu a despedida. Ouvi, depois, como ela e Lota riam, até perderem o fôlego. Estavam, sem dúvida alguma, de excelente humor.

— Finalmente me encontrei em seu quarto... Oh! o seu quarto!

Um quarto de hotel; vazio, com as paredes azuis e uma cama baixa. Sobre a mesa, uma tradução do *Príncipe da Casa de Davi,* de Ingraham, que comecei a ler. Tenho a impressão de ainda estar ouvindo as risadas, as suas risadas. Que bela e jovial rapariga! Aquele olhar triste naquele rostinho tão mimoso! Como sabia rir, apesar de seu aspecto tão altivo! Abismei-me em pensamentos. Sua figura estava viva, muda e forte, em meu coração.

De manhã, ao despertar, senti uma coisa dura me incomodando. Dormira sobre o *Príncipe da Casa de Davi.* Eram 9 horas, quando me levantei. Desço à sala de jantar, tomo minha refeição. Dela, nem sinal. Espero meia hora.

Inutilmente. Não posso mais e pergunto a Lota:

— Onde está a senhorita?

— A senhorita foi-se embora...

— Como? Não era daqui?... Foi-se...

— Não. Era a senhorita do Castelo. Embarcou muito cedo, creio que para Estocolmo.

Emudeci. Não deixara nada pra mim, nem uma carta, um bilhetinho?

Estava tão abatido que nem sequer perguntei pelo seu nome. Pouco adiantava, na verdade. Nunca se deve confiar na fidelidade das mulheres. Com o olhar cansado e o coração ferido, fui a Gueteborg. Quem podia imaginar? Parecia tão fiel e altiva! Não importa. Estava disposto a suportar tudo como homem. No hotel, ninguém percebeu o meu sofrimento...

Foi naqueles dias que Júlio Kromberg expôs, em Gueteborg, seu famoso quadro, A *Rainha de Sabá.* Como todos, também fui ver o quadro, que me deixou emocionadíssimo. O mais estranho era a semelhança da rainha com a senhorita do Castelo. Não quando caçoava e ria, mas sim no momento em que se levantou do carro vazio, fulminando-me com o olhar; naqueles momentos, em que não pensava senão em me fazer de cavalo.

Só Deus sabe! Voltei a sentir seus encantos; novamente. Aquele quadro roubou a minha paz, recordando-me a felicidade perdida. Certa noite me inspirou uma crítica sobre *A Rainha de Sabá,* onde, entre outras coisas, dizia:

"É uma etíope, de dezenove anos, alta e terrivelmente bela rainha e mulher ao mesmo tempo... Com a mão esquerda levanta o véu e dirige o olhar ao rei. Os cabelos estão quase ocultos pelo diadema de ouro. Parece uma européia, queimada pelo sol, que viajou por terras do oriente. Somente os olhos aquele olhar melancólico e, no entanto, tão ardente que atravessa o objeto visado, — possuem o matiz escuro que revela a sua origem. Não se pode esquecê-las. Durante muitos, muitíssimos dias, serão lembrados e, em sonhos, surgirão sempre..." O traço sobre os olhos está bom. Essas coisas somente são conseguidas quando as sente o coração. Pergunte a quem quiser. A partir desse dia meu coração não teve outro nome para a maravilhosa moça da estação de Berbi, senão o de Rainha de Sabá.

Mas a história não terminou. Agora, depois de quatro anos, voltei a encontrá-la.

Viajava de Copenhague a Malmoe. Ia ver alguém que me esperava. Conto tudo tal e qual se passou.

Dei com minha equipagem num hotel, onde me indicaram um quarto. Saí depois para encontrar a tal pessoa, mas, caminhando, resolvi chegar até a estação. Prepararia o espírito, pelo menos. Lá encontrei um conhecido e travamos conversação. Enquanto conversávamos, observo, repentinamente, num vagão, uma cara desconhecida. Seus olhos me fitam. Por Deus! É a Rainha de Sabá! De um salto, estou no trem, que parte no mesmo instante.

Que sorte, hein? Estar na estação no momento preciso da sua passagem, ter tido tempo de meter-me no carro, embora todas as minhas coisas ficassem no hotel, até mesmo o sobretudo. Isto é, sem dúvida, ter sorte!

Observo o vagão. Primeira classe. Poucos passageiros. Paciência. Sento-me num banco, trato de me acomodar, acendendo a seguir um cigarro. Tiro do bolso alguma coisa para ler. Para onde irei? Queria ir para onde ia a Rainha de Sabá e precisava vigiá-la muito bem. Para onde quer que ela se dirigisse, para lá me dirigiria. Meu único objetivo era o de me encontrar com ela. O guarda entrou e pediu o bilhete. Claro está que não o tinha.

— Para onde vai?

Mas se eu mesmo não sabia...

Bem, devia então pagar até Arlef, além de uma multa de quarenta "ore." Em Arlef compraria passagem, para continuar. Assim fiz, pagando, muito alegremente, a multa. Em Arlef comprei passagem para Lund. Quem sabe? Podia ser que a Rainha de Sabá se dirigisse para lá e não podia perdê-la de vista. Mas não desceu em Lund. Paguei novamente até Lakalenga, além de outra multa de 40 "ore." Perfazia já um total de 80 "ore". Em Lakalenga, para estar mais seguro, comprei passagem para Heselholm. Entrei logo no carro, meio nervoso por causa dessas complicações todas.

A conversa dos passageiros me enfurecia. Que me importava se em Hamburgo estalara uma peste, entre as vacas? Deviam ser camponeses, pois durante duas horas não falaram de outra coisa, a não ser daquela maldita peste. Sim, aquilo era muito interessante! além disso, alguém me espera em Malmoe!... Pois que espere, ora essa.

Mas a Rainha de Sabá não desceu também em Malmoe.

Furioso paguei até Belingslef, com outros 40 "ore" de multa. Atingiu uma coroa e vinte "ore." Em Belingslef, já furioso, mordendo os lábios, adquiri passagem para Estocolmo. Aquilo me custou tanto como 118 coroas... Juro pelo diabo, que passava mesmo dessa quantia. Estava, porém, claríssimo que a Rainha de Sabá, como da outra vez, se dirigia a Estocolmo.

Viajamos durante longas horas; vigiava todas as estações, mas ela não desceu em nenhuma. Observo-a na janela do vagão e percebo que me olha com atenção. Ah! não perdera nenhum dos seus sentimentos para comigo! Era fácil percebê-lo. Parecia, porém, ter qualquer coisa, pois abaixava os olhos sempre que eu passava. Não a saudei, pois na hora me esqueci de fazê-lo. Se não estivesse encerrada num vagão de mulheres, compreende-se que de há muito teria travado conversa com ela. Recordar-lhe-ia nossa antiga amizade e aquela história de já ter dormido uma noite em sua cama. Juro que ficaria satisfeita, em saber que eu dormira maravilhosamente, até às 9 horas.

Como se fizera bela, nesses quatro anos! Era, realmente uma belíssima mulher.

Uma hora e muitas outras horas se passaram sem que nada acontecesse. Somente às cinco uma vaca morreu, atropelada pela locomotiva. Ouvimos como os ossos se esmigalharam. Paramos um instante para observar a estrada, mas continuamos logo.

Dois passageiros iniciaram uma conversa sobre os vapores que percorrem o mar do sul. Outro tema interessantíssimo!... Que sofrimento o meu! Um homem me espera? Pois que vá para o diabo!

Viajamos, viajamos muito. Passamos por Elmuth, Latorp, Vislanda. Em Vislanda sai do carro a Rainha de Sabá. Observo-a. Volta a entrar. E seguimos. Chegamos a Alfvesta.

Baldeação para Kalmar.

Outra vez a Rainha de Sabá desce. Torno a observá-la.

O trem de Kalmar chega. Não esperava por isso, de maneira que fiquei meio atônito, sem saber qual atitude tomar até o último momento. Como um louco, num ímpeto, salto para o carro quando os vagões já se movimentavam. Somente um homem no vagão. Nem sequer me dirigiu o olhar. Lê. Sento-me também. Depois de uns minutos ouço:

— O bilhete, faz favor?

Era o guarda.

— O bilhete? Ah! sim... respondo e lhe entrego. — Este não serve, estamos na linha de Kalmar.

— Não serve?

— Nesta linha, não.

— Tenho lá a culpa se me venderam um bilhete que não serve?

— Vai para que lugar?

— Estocolmo, está claro. Onde mais?

— Mas este trem segue para Kalmar...

— Como? O trem vai para Kalmar?, repeti, furioso. Ah! Mas eu não sabia. Era, sem dúvida, uma estupidez do guarda falar em tais ninharias. Fazia tal coisa porque estava tratando com um norueguês, por simples ódio político. Mas ele me pagaria...

— Sim... e que posso fazer? pergunto.

— Pode... Este... Onde vai mesmo? Ah! Mas este trem nunca chegará a Estocolmo.

— Bem, se é assim, vou então a Kalmar. Na realidade, já havia pensado em Kalmar. Estocolmo nunca me agradou e posso garantir que jamais tomaria dinheiro emprestado para ir até lá.

Quer dizer que a maldita rainha ia para Kalmar!... Enfim, o martírio chegaria a termo.

— Pague então até Guenla, mais os quarenta "ore" de multa, acrescenta o guarda, e em Guenla comprará passagem direta para Kalmar.

— Mas se já paguei 118 coroas? Acabei pagando o bilhete e a multa. Minha paciência se esgotara. Em Guenla cresci furioso para o bilheteiro, rugindo:

— Até onde posso viajar nesta linha?

— Até... Como? Ah! Kalmar...

— Não poderia seguir mais além? É mesmo impossível?

— Absolutamente impossível. Dali parte, a seguir, o mar de Este.

Bem. Uma passagem, então, até Kalmar.

— De que classe?

O que achas? Aquele homem com certeza não me conhecia, não lera nenhum dos meus livros. Respondi-lhe como merecia:

— De primeira, está claro.

A noite veio. Meu taciturno companheiro de viagem, se estirou no banco, cerrando os olhos. Parecia mudo. Não me olhou uma vez, sequer. Como passar o tempo? Dormir, não podia. Levantava-me a cada momento, observava as portas, abria e fechava as janelas, tremia de frio e bocejava. Além disse precisava observar, em cada estação, a minha rainha. Pouco a pouco fui ficando com raiva, e comecei a maldizê-la.

Enfim, amanheceu. Meu companheiro abriu os olhos, olhou para fora, e, a seguir, endireitando-se, voltou a ler, sem me dirigir o mínimo olhar. O livro que estava lendo parecia não ter fim. Fui ficando irritado com ele, e para aborrecê-lo, comecei a cantar e a assobiar. Tudo inutilmente. Com franqueza, antes a conversa sobre as vacas, em lugar daquele atroz silêncio.

Não suportando mais, pergunto:

— Posso saber para onde vai?

— Ah! respondeu, está ainda muito longe... E nada mais.

— Ontem matamos uma vaca.

— Como?

— Digo que ontem matamos uma vaca.

— É?

E voltou a ler o odioso livro.

— Não quer vender esse livro? gritei, fora de mim.

— O livro? Não.

— Não!

E virando o rosto, não disse nada. Aquela secura me destroçou. Pensando bem, a rainha era a culpada de tudo aquilo. Quantas amarguras me estava causando! Mas tudo seria esquecido quando nos encontrássemos. Ah! como desejava contar-lhe as minhas penas, falar-lhe daquela crítica sobre o quadro, ou daquele rapaz a me esperar em Malmoe, e a quem abandonei, inesperadamente, na metade da viagem, na linha de Estocolmo. Oh! sem dúvida causar-lhe-ia, novamente, a melhor impressão. Não diria nada, absolutamente nada, das multas e das 118 coroas.

O trem continua a correr.

Enfastiado olho pela janela. Sempre, sempre a mesma coisa: bosques, campos, casas, postes telegráficos e, em cada estação, os vagões de cargas, vazios. Em cada vagão vejo escrito uma palavra: "Praffmn." Que significaria aquele "Praffmn"? Número não era, nem nome de pessoa.

Algum rio ou alguma marca registrada? Ou talvez uma seita religiosa?

Bruscamente me recordo: "É uma espécie de peso." Equivale, se não me engano, a 132 libras. Mas daquelas boas libras antigas; Tem 132 libras, pois assim querem...

O trem continua a correr, sempre a correr...

Como podia aquele imbecil permanecer mudo, durante horas e horas, sem nada dizer, embebido, daquele jeito, naquele livro? Nesse tempo teria lido aquilo por três vezes. O tipo mostrava bem sua ignorância, inchava-se todo, e nem sequer se envergonhava. Sua estupidez passava dos limites.

Não resistindo mais, levanto o corpo, encaro-o e grito:

— Como?

Levanta os olhos, fixando-os tão estupidamente em mim, como se eu tivesse caído do céu.

— Disse alguma coisa? perguntou.

— O que?

Não estava percebendo nada.

— Que deseja?

Estava enfurecido.

— Que desejo? E o senhor?

— Eu? Nada.

— Também eu.

— E por que então me falou?

— Eu? Eu lhe falei?

— Está bem. Não falou.

Vira-se bruscamente não me olhando mais.

Ficamos em silêncio.

Passa outra hora. Finalmente o trem apita. Estamos em Kalmar.

Ainda bem que o desfecho se aproxima. Arranjo os cabelos, pois, como sempre, estava despenteado. Era, na verdade, um péssimo costume, pois nem sempre se encontra nas estações um espelho, para se conseguir um aspecto mais decente. Não exijo "toilettes" completas em todas as estações, mas não seria mau que as tivessem, pelo menos em uma ou outra. Minha opinião é essa.

O trem pára.

Desço e, observando, verifico que a minha rainha também desce. Num instante está completamente rodeada. Quase a perco de vista.

É abraçada por um rapaz. Beijam-se. Com certeza o irmão tem seus negócios, vive por aqui e ela vem visitá-lo. Chega um coche, entram e partem.

Fiquei ali, parado. Ela partiu e eu não soube, no momento, que atitude tomar!

Mas não tem importância. Por ora nada restava a fazer. O dia já estava perdido. Pensando bem, fora melhor assim, pois me dava tempo para uma arrumação, antes: de ser-lhe apresentado. Isso mesmo. Não há tempo a perder. Mãos à obra.

Um moço se aproxima e oferece-me seus préstimos.

— Não, não levo nada.

— Ah! não leva nada mais?

— Não. Nada. Teria compreendido? Não me largou mais. Queria saber se eu continuaria a viagem.

— Não, não continuo.

— Ah! Pensava ficar aqui?

— Talvez... alguns dias... Não tem hotel neste lugar?

— Como não??!... Que vinha fazer na cidade? Seria talvez algum agente de polícia ou inspetor?

Outro que não leu minhas coisas...

— Não era inspetor, não.

— Mas o que seria?

— Passe bem! e, rapidamente, fui dando o fora. Que fastio! Pouco importa, pois dentro em pouco estarei no hotel, sozinho. Precisava antes de mais nada arranjar um pretexto, alguma causa que justificasse minha estada na cidade. Era evidente que sendo aquele rapaz faminto tão curioso, como não seria o dono do hotel?

— Que vinha, portanto, fazer oficialmente perante Deus e aquela gente, em Kalmar? Além disso, precisava também de alguma desculpa, que não comprometesse a minha rainha. Quase fiquei louco em pensar no "que faria" em Kalmar. Na cadeira do barbeiro, enquanto a navalha raspava, essa idéia me torturou, terrivelmente. Uma coisa era fatal: não podia ir ao hotel sem ter resolvido o problema.

— Não há telefone aqui?
— Não. O barbeiro não tinha telefone.
— Podia mandar alguém ao hotel reservar um quarto? Meus negócios não me deixam um minuto de sobra.
— Pois não.

E mandou o empregado.

Perambulo depois pelas ruas. Observo a igreja, o porto. Caminho depressa, com medo que alguém me detenha para saber o que faço em Kalmar. Chego finalmente à praça. Sento num banco e penso. Estou só.

Kalmar... Que procurava em Kalmar? Esse nome me dizia qualquer coisa, já o ouvira em alguma parte. Sabe-se lá... Não seria qualquer coisa de política, uma conferência extraordinária, um tratado de paz? Tentei adivinhar: "A Paz de Kalmar"... "Paz em Kalmar"... Não ouvi alguma vez, essas palavras? Seria talvez "Tratado de Kalmar"? De repente, salto do banco. Eureka! "A Batalha de Kalmar." Sim, é isso mesmo. Corro ao hotel. Se houve uma batalha nas proximidades de Kalmar, vim estudá-la nos próprios lugares históricos. Será esse o motivo de minha viagem. Aqui estivera ancorado o navio de Joel Nível, ali passou uma bala inimiga que estragou a estrada, acolá caiu Gustavo Adolfo, sobre seu navio de guerra... E Colbein, o poderoso, perguntou: "Que houve aqui??" "É Noruega que escapa das tuas mãos", respondeu Einar...

Ao aproximar-me do hotel, paro, abandonando a história. Nunca houve batalha alguma em Kalmar, mas sim no golfo de Copenhague. Volto então a perambular pela cidade. Já não via quase nada. Caminhava o dia todo, sem ter provado o que quer que fosse. Nem mesmo um gole de água. Estava terrivelmente cansado. Era tarde para entrar em alguma livraria e adquirir alguns livros sobre Kalmar. Mortalmente abatido, me aproximo de um homem que acendia os lampiões da rua.

— Queira perdoar digo-lhe, mas o que se passou aqui em Kalmar? Ele responde: "Que se passou?" Fica me olhando.

— Sim, respondo-lhe, qualquer coisa me diz que aqui se passou um fato e que o mesmo tem grande interesse histórico, por isso gostaria de saber.

Estávamos parados, frente a frente.

— Onde vive? Perguntou ele.

— Vim aqui especialmente para estudar o caso. Isso me custou nada menos que uma coroa e sessenta "ore" de multa, além das 118 coroas pela viagem. Se não acreditas, podes perguntar ao guarda.

— É norueguês?

— Sim.

— Viajante?

Por mais cansado que estivesse, fui obrigado a fugir e o fiz tão depressa como pude.

Ora essa, que mais queria ele saber? É boa!? O que eu era? Mas a culpada de tudo era a rainha e por isso mandei-a para o inferno.

Voltei à praia. Já não via salvação alguma.

Encosto-me a uma árvore, mas sou alvo da curiosidade dos transeuntes. Não resisto e continuo andando. Três horas depois me encontro fora da cidade. Olho. Estou só. Na frente se ergue a silhueta sombria de um castelo. Paro para observá-lo. Parece uma montanha. Há uma igreja no alto. Um homem passa. Chamo e pergunto pelo nome da montanha, que esquecera, apesar dos meus conhecimentos geográficos.

— É o Castelo, responde.

Quero saber se não se passou nada nele. O Castelo se encontra atualmente, em estado lamentável, uma verdadeira ruína em comparação com o que foi em outros tempos, quando passaram...

— Não. Não. O mordomo toma conta.

— Quem o habita agora? Isto é, que príncipe habita a ala sul? Tenho o nome na ponta da língua, mas... Não Não. O Castelo era cheio de armas antigas e coisas do passado...

Uma idéia me ocorre: vim estudar as antigüidades do Castelo. Se o homem não carregasse uma bolsa, sem dúvida o teria abraçado. Lembro-me claramente, que perguntei pela sua senhora e filhos. Passava da meia-noite quando cheguei ao hotel.

Dirigindo-me ao hoteleiro, digo-lhe ser a pessoa que reservara o quarto.

— Vim estudar antiguidades e... acrescentei lacônica e gravemente... compro também coisas velhas, se interessar. É a minha profissão.

Ficou satisfeito, ordenando que me indicassem o quarto.

Agora chega uma semana de decepções e trabalhos, de penas inúteis e sem resultados. A rainha de Sabá desaparecera. Diariamente a procurava, pela cidade e arredores. Perguntei ao carteiro pelo seu endereço, pedi conselhos a uns guardas, andei pelo parque, de ponta a ponta, visitei os fotógrafos da cidade. Tudo inultimente. Paguei duas pessoas para vigiarem a estação, pois ela podia embarcar e, então, tudo estaria perdido.

Nesse ínterim, devia estar todos os dias no Castelo, remexendo velharias. Enchi enormes páginas com dados; contei as manchas de ferrugem das esporas e espadas inutilizadas; anotei datas e nomes, sim, fui capaz até de anotar uma bolsa de plumas, encontrada entre outras coisas e que depois, soube pertencer ao mordomo. Fiz meus estudos com o valor do desespero e cheio de tétricas idéias. Uma vez que iniciara a procura da Rainha de Sabá, devia ir até o fim, embora corresse o risco de me transformar num verdadeiro "rato" de antiguidades. Telegrafei a Copenhague, pedindo a remessa da minha correspondência, preparando-me para passar o inverno em Kalmar. Só Deus podia saber o fim daquilo tudo. Há seis dias estava no hotel. No domingo contratei quatro rapazes para vigiarem a igreja.

Também não deu resultado.

Segunda-feira de manhã chegou a correspondência... Quase morri naquela segunda-feira. Uma das cartas era do amigo que me esperava em Malmoe. Por não ter ido vê-lo naquele dia, "perdia a ocasião"... Dizia "Adeus". Senti uma profunda pena.

A segunda carta era de um amigo que avisava ter o "Mongenblat" e outro jornal descoberto um plágio meu e o denunciavam por meio de recortes e notas.

Foi outra punhalada no coração.

A terceira era uma conta. Nem quis lê-la. Não podia mais. Caí num sofá, imobilizado. Devia, no entanto, sofrer ainda outro contratempo.

Batem. "Entre", digo com voz abafada.

É o hoteleiro. Segue-lhe uma velha, carregando uma cesta.

— Desculpe, diz ele. Se não me engano, o senhor compra coisas velhas?!...

Olho-o.

— Coisas velhas? Eu compro coisas velhas?

— Sim. O sr. mesmo disse, e parecia interessado.

— Sim, sim, é verdade. Compro antiguidades. Perdão. Não tinha entendido, pensava em outros assuntos. Claro, compro sim... Vamos ver essas preciosidades.

E a velha mostra.

No auge do entusiasmo, dou em estalo com os dedos e declaro à velha que comprarei todo o seu tesouro. Que preciosa peça esta! Quisera saber qual rei a usou... Facílimo...

Procuraria em meus papéis. Não havia pressa... Quanto quer por esta colher de osso? Não me deixaria por todo o dinheiro do mundo estas três piteiras? Quanto queria por tudo?

A velha hesita.

Finalmente diz:

— Vinte coroas.

Dei-lhe as vinte coroas. Nem pensei em regatear o preço. Dei-lho logo, para me ver livre dela. Quando o consegui, fui ao parque respirar um pouco. Não. Aquilo era insuportável! Ao meu lado estavam sentadas e, ambas cantavam, uma criada e uma criança. Dirigi-lhes um olhar sinistro, para que calassem. Dentro em pouco, duas pessoas aparecem, caminhando lentamente. Presto atenção. Abro os olhos. *A Rainha de Sabá.*

Um rapaz a conduz pelo braço. Com certeza é o irmão, pois é o mesmo que a beijou, na estação. Conversam em voz baixa. Preparo-me. Chegou, enfim, o momento decisivo, custe o que custar. Pensei começar recordando-lhe ter dormido uma vez em sua cama. Sem dúvida, me reconheceria. Começando a conversa dessa maneira, o irmão compreenderia logo que já nos devia deixar a sós, e...

Caminhei para eles.

Olharam-me, assombrados, enquanto todo confundido parei, tentando lembrar o discurso preparado. Consigo balbuciar: Senhorita... Há quatro anos...

Emudeço.

— Que deseja? — exclama o rapaz. Depois de olhar a moça, volta-se para o meu lado e, novamente, pergunta: Que deseja? A voz veio irritada.

— Desejo, digo, primeiramente pedir perdão pelo atrevimento de saúda-la. E voltando-me para o rapaz: e você, o que tem com isso? Nós somos velhos conhecidos e até em sua cama eu...

Ela me interrompe, gritando: "Vamos! Vamos!"

Ah! Ah! não queria me reconhecer! Fazia-se de desentendida!

Irritado, sigo-os. Bruscamente o rapaz pára, verificando se eu vou atrás. Na verdade não parecia lá muito valente. Percebi que tremia. A rainha continuou andando, quase a correr.

— Que deseja, meu senhor?

— De você nada quero, respondi, desejo somente saudar a senhorita que lhe acompanhava, pois somos velhos conhecidos e somente por educação quis...

— Está bem. Já viu como a senhorita tem pouca vontade de vê-lo e, além disso, a "senhorita" não é senhorita, mas senhora, casada, minha mulher... Está contente?

— Ela é... É sua.. senhora?

— Sim. Minha senhora, gritou ele. Compreende?

— Sua mulher... sua mulher...

Que mais que lhe conte? Caí como morto sobre o banco. O golpe era terrível. Cerrei os olhos, deixando o rapaz seguir o seu caminho. Que mais podia fazer se o sol da minha felicidade tombara para sempre? Permaneci sentado naquele banco algumas horas, torturado pela mais amarga das dores. Ao meio-dia fui ao hotel, paguei a conta e desapareci.

Esperei uma hora na estação. O trem veio, tomei-o, abatido e sombrio, encurvado, diminuído pela desventura que, durante toda a viagem, me mortificou terrivelmente.

As antigüidades ficaram todas em Kalmar.

A MORTE DE GLAHN

Capítulo I

A família de Glahn pode continuar publicando o vistoso anúncio por meio do qual pretende saber o paradeiro do tenente Tomaz Glahn; por muitos que sejam os jornais onde o faça inserir, o homem não há de aparecer visto como já está morto e bem morto. E eu bem o sei!

Aliás, não me surpreende que seus parentes continuem com tanto afinco as investigações, pois Glahn era homem pouco vulgar e geralmente estimado. Digo isto para ser justo, se bem que sua memória me inspire antipatia, e baste sua recordação para me envenenar a alma. Sem dúvida era belo, cheio de juventude e dotado de seduções nada comuns; confesso além disso que muita gente, e eu próprio, se deixava subjugar pelo seu olhar, semelhante ao das feras. Certa dama definiu o magnético poder de seus olhos, dizendo que quando ele a olhava se sentia desfalecer e se perturbava, como se em vez de a olhar lhe tocasse.

E uma vez que pus em relevo as suas qualidades, não vou agora silenciar sobre os seus defeitos: dizia freqüentemente tolices dessas que costumam agradar às mulheres, cujo vão palrar imitava e aplaudia para as cativar. Lembro-me de que um dia, falando de um indivíduo gordo, garantiu que parecia usar as calças cheias de manteiga; e como se se tratasse de uma engenhosíssima observação ficou a rir-se por longo tempo. Em outra ocasião ofereceu-me uma nova prova de sua mediocridade. Vivíamos por essa altura na mesma casa; a patroa veio perguntar-me o que queria almoçar e eu respondi: "Uma fatia de ovo com pão." Tomaz

Glahn rompeu a rir-se de maneira inteiramente idiota, repetindo vezes sem conta o inocente engano, até que me irritei, e surpreendido se calou então.

Poderia ainda relatar outras atitudes que o levariam ao ridículo, mas bem depressa surgirão no decurso desta narrativa; o que desde já prometo é não as ocultar, pois tratando-se de um inimigo não tenho motivos para ser generoso. Como desejo ser absolutamente justo, quero, consignar que jamais dizia imbecilidades em perfeito juízo. Nas duas ocasiões referidas, evidentemente não era este o caso, mas não é bastante, para deprimir um homem, dizer que tinha o hábito de se embriagar?

Quando o conheci, no outono de 1859, teria trinta e dois anos, a mesma idade que eu. Deixava crescer a barba e usava camisas abertas para deixar ao léu o pescoço e o peito, decerto admiráveis. Mais tarde, quando nos zangamos, compreendi que o meu pescoço não era menos belo e viril, sem por isso ter a mania de o exibir. Conheci-o a bordo de um pequeno navio fluvial; íamos ambos caçar, e quando chegamos ao termo da estrada de ferro resolvemos, para fins de maior penetração, alugar a meias um carro puxado a bois.

Omito propositalmente o lugar para onde nos dirigimos, pois não quero dar a menor pista; o que asseguro é que a família de Glahn perde tempo e dinheiro em publicar anúncios, porque o tenente morreu nessa lugar cujo nome por nada do mundo revelarei.

Antes de o conhecer já ouvira falar dele. Não sei quem me contou sua aventura amorosa com certa moça norueguesa, que comprometeu indignamente, obrigando-a romper relações com ele. Glahn jurou vingar-se, a moça não fez caso algum, e foi então quando se tornou merecedor, pela sua escandalosa vida, da mais triste reputação. Entregou-se à bebida, pediu reforma e deu-se a uma existência dissoluta... Estranha maneira de se vingar de um fracasso matrimonial!...

Segundo uma outra versão não foi ele quem comprometeu a moça mas a família desta que o repeliu, tendo ela mesma, pouco depois, dado palavra de casamento a um conde sueco. A primeira versão parece-me mais plausível, pois na minha qualidade de inimigo de Glahn, julgo-o capaz de todas as vilanias. De qualquer modo, ele nunca aludiu a essas relações nem eu jamais tratei de o sondar a tal respeito. Isso nada me interessava.

Não tenho a menor idéia de, no trem ou no vapor, termos falado de outra coisa que não fosse o povoado para o qual nos dirigíamos. Glahn tirou um mapa do bolso, e fazendo-me inclinar sobre ele, disse:

— Iremos por aqui até encontrarmos o povoado onde ouvi dizer que há uma espécie de hotel: talvez tenhamos a sorte de encontrar lugar. A dona é uma mestiça inglesa. Também lá mora um chefe indígena que tem muitas mulheres, algumas das quais não contam mais de dez anos.

Eu ignorava tanto a existência do chefe indígena e de suas mulheres como a do próprio hotel, de modo que nada respondi; Glahn olhou-me, sorrindo satisfeito. Confesso que seu sorriso tinha um atrativo singular... Mas apesar da sua beleza, não era o que se diz um verdadeiro macho; as variações atmosféricas deixavam-no nervoso, e até se queixava de não sei que dor no pé esquerdo, onde, segundo ele, tinha um antigo ferimento de bala. Só Deus sabe se seria verdade!...

Capítulo II

Uma semana mais tarde estávamos instalados na casinhola pomposamente qualificada de hotel, sob os tutelares cuidados da mestiça. Que hotel! As paredes de terra e madeira meio devoradas pelas formigas brancas, não possuíam outra garantia de solidez além da escassa altura do edifício; alojei-me no andar de baixo, junto à sala, num quartinho apenas aclarado por uma janela de vidros sempre empoeirados, ao passo que Glahn escolheu uma alcova no andar de cima, embora mais sombria e menos habitável. O sol calcinava a palha do teto e o calor era ali sufocante, dia e noite. Naturalmente que de tudo isto não tinha eu culpa alguma, pois ao chegarmos dissera-lhe:

— Só há dois aposentos; escolha você.

Examinou-os ambos e escolheu o de cima, talvez por o supor melhor. Vou ser tão tolo a ponto de acreditar que tivesse a gentileza de me ceder o mais confortável? Ora!... Ele lá teria razões para essa preferência...

Enquanto durou a canícula tivemos de reprimir todo o desejo de caçar e ficamos no albergue. De noite, dois mosquiteiros protegiam-nos contra os insetos; mas Glahn deve ter deixado aberta a sua janela em alguma noite, pois entraram vários morcegos que no seu cego rodopio reduziram o seu a farrapos... De dia permanecíamos estendidos em esteiras, junto à parede oposta ao sol, sem outra ocupação que fumar e olhar os indígenas, cuja pele bronzeada, lábios grossos e negros olhos apagados, os tornavam iguais. Todos usavam penduricalhos de ouro e andavam quase nus, cobertos apenas por um largo cinturão de pano ou de folhas, ao qual as mulheres acrescentavam um curto saiote; as crianças, inteiramente nuas, passeavam incessantemente seus ventres inchados e gordurosos.

— As mulheres são excessivamente fofas — disse Glahn.

A observação não tinha nada de notável; eu já pensara a mesma coisa. Além disso, nem todas as mulheres eram feias, apesar da gordura; justamente eu descobrira uma mestiça de longa cabeleira e dentes muitos alvos, não apenas passável mas bonita, a mais bonita do lugar. Encontrei-a certa tarde deitada junto a uma plantação, e depois de grande esforços entabulei com ela uma larga conversa, após a qual me concedeu generosamente todos os seus bens. Separamo-nos ao romper do dia, e em vez de se dirigir diretamente para a sua cabana, fingiu vir do povoado próximo. Por sua vez Glahn passara a noite com duas meninas, que não tinham mais de onze anos, às quais devia ter dito mil tolices ditadas pela cerveja de arroz. Era o seu modo de se divertir.

Poucos dias depois fomos à caça. Deixamos para trás as plantações de chá, os arrozais, alguns campos quase desertos e entramos na floresta, povoada de imensas árvores estranhas: bambus, mangueiras, tamarindos, seringais e Deus sabe quantas outras espécies desconhecidas para nós; um exíguo riacho, cujas águas só naturalmente cresciam na época das chuvas, acompanhou-nos por largo tempo; matamos alguns pombos trocazes, e pela tarde vimos ao longe duas panteras. Glahn era um atirador excelente, não falhava um tiro; devo acrescentar que sua espingarda era melhor do que a minha, e que eu, apesar de também atirar bem, não me gabava disso, ao passo que ele estava sempre dizendo: "Vou atirar ao pescoço daquele pássaro, ou ao bico daquele outro". É verdade que sua previsão sempre se realizava, mas em todo o caso...

Quando vimos as panteras ele quis atirar-lhes imediatamente; dissuadi-o de tal coisa, fazendo-lhe ver que só tínhamos dois cartuchos e a noite estava muito próxima; talvez fizesse mal, pois dei-lhe ocasião a que pretendesse caçar panteras com uma espingarda de perdizes.

— Lamento não lhe ter atirado — disse ele. — Você é demasiado prudente... Tem porventura empenho em viver muito?

Ainda bem que reconhece ser eu o mais sensato — respondi.

— Sim, sim. Não vamos incomodar-nos por tão pouco.

Quem não queria incomodar-se era ele; para mim teria sido a mesma coisa, visto como a sua leviandade e os seus ares de sedutor o tornavam às vezes antipático a meus olhos. Algumas noites após, passeava eu muito contente com Maggie, a mestiça, e vimo-lo sentado à frente do hotel. Cumprimentou-nos, sorrindo, e Maggie, que o não vira até então, mostrou curiosidade em saber quem era. A impressão que a sua desagradável barba e o seu ar pedante lhe produziram foi tal que se esqueceu de me acompanhar até a casa, como de costume, e se retirou apressadamente para a sua choça.

Quando referi o caso a Glahn ele não ele deu importância... Certamente para que lha devia de dar! Eu, no entanto, atribuí-lhe o seu verdadeiro valor: aquele adocicado sorriso de saudação não se dirigia a mim, mas a Maggie.

— Que anda ela a mascar incessantemente? — perguntou-me com afetada indiferença.

— Não sei... Além disso os dentes são dela.

Não me dava nenhuma novidade ao dizer-me que Maggie tinha o feio costume de estar sempre mascando alguma coisa; mas não devia tratar-se de nada sujo, porquanto seus dentes conservavam um esplendente brilho. O costume era-lhe tão imperioso que metia na boca toda a espécie de coisas: pedaços de papel, penas de pássaro e até moedas; e não era o caso de repudiar por tão pouco a rapariga mais linda dos arredores. O que acontecia era que Glahn me tinha inveja: nem mais nem menos.

No dia seguinte reconciliei-me com ela, e à noite, quando saímos, tivemos a sorte de não encontrar o fátuo indivíduo.

Capítulo III

Durante uma semana fomos diariamente à caça e abatemos inumeráveis peças. Certa manhã, quase ao entrar no bosque, Glahn pegou-me por um braço e murmurou imperativamente: "Quieto!" e levando da espingarda à cara atirou sobre um leopardo. Eu podia ter atirado, do mesmo modo que ele, de maneira que, quando me tomou a dianteira para se reservar a honra da façanha, disse com meus botões: "Temos fanfarronada para longo tempo. Quando nos aproximamos o leopardo jazia morto, com uma enorme ferida no lombo.

Como não gosto que ninguém me desmereça ou me tome por bobo, disse-lhe:

— Fique sabendo que eu poderia ter feito a mesma coisa.

Olhou-me com ar estúpido e eu continuei:

— Não acredita?

Em vez de me responder cometeu a tolice de tornar a disparar sobre o animal morto, e desta vez a bala atravessou-lhe a cabeça de lado a lado. Não ocultei o meu espanto e ele então pôs a descoberto a sua vaidade:

— Como compreenderá, um tiro no lombo não satisfaz minha reputação de atirador.

Seu amor próprio ressentia-se de um disparo tão pouco acertado. Que puerilidade!... Enfim, cada um é como é. Não seria eu quem iria descobrir o inocente ardil... No regresso muitos indígenas acudiram a ver o leopardo, e Glahn limitou-se a dizer que o havíamos morto pela manhã. Maggie aproximou-se também e perguntou:

— Mas, quem o matou?

— Como vês, tem duas feridas — disse ele. — Matamo-lo antes do meio-dia.

E como se fosse pouco, acrescentou apontando a ferida do corpo:

— Minha bala entrou-lhe por aqui.

Pretendia decerto agradar-me, atribuindo-me a honra de ferida na cabeça; o sofisma quase igualado à estupidez... Como me repugnava desmenti-lo diante de tanta gente, nada disse; Glahn, para celebrar o sucesso convidou os indígenas a beberem cerveja e aproveitou a ocasião para se embebedar.

Maggie murmurava continuamente: "Mataram-no ambos"; e olhava Glahn com tal insistência que a chamei de parte e lhe disse:

— Por que o olhas desse modo? Não estou eu aqui?

— Sim, sim... Não te aborreças... Esta noite virei buscar-te.

No dia seguinte Glahn recebeu uma carta, trazida da estação fluvial por um mensageiro. O envelope estava subscrito por mão de mulher e para chegar até nós percorrera mais de 80 milhas, só no continente. Logo suspeitei que fosse da célebre nobre norueguesa com quem esteve em relações; Glahn leu-a, riu de um modo frio e nervoso e deu uma régia gorjeta ao mensageiro; mas em seguia tornou-se meditativo e sombrio e de noite embriagou-se em companhia de um velho anão do lugar, e de seu filho. A borracheira deu-lhe para ser carinhoso e abraçou-me muitas vezes obstinando-se em convidar-me.

— Como está agradável a noite — disse-lhe.

Soltou uma gargalhada e exclamou:

— Não é extraordinário que nos encontremos agora os dois na Índia? Proponho um brinde por todos os impérios, por todos os países do mundo, por todas as mulheres bonitas, que estejam perto ou longe, quer sejam solteiras ou casadas... Ah, Ah!... Sabe de alguma coisa mais estranha do que um homem ao qual uma mulher casada pede promessa de casamento!...

— As condessas têm às vezes caprichos bem singulares — disse eu ironicamente.

A seta devia ter atingido o alvo porque ele ficou subitamente sério, a boca contraída num rictus. Franziu depois a testa e pôs-se a piscar os olhos, inquieto talvez por ter sido demasiado loquaz, como se do seu mesquinho segredo dependesse a paz do mundo. Estávamos nisto quando uma turba chegou aos gritos: "Os tigres, os tigres!" Um tigre acabava de arrebatar uma criança e estava com ela numa plantação próxima, do outro lado do rio... Glahn, excitado pela bebida, tomou o fuzil, e, numa corrida, sem pensar mesmo em levar o chapéu, saiu na direção indicada pelas outras crianças... Visto que era tão valente, por que não levou, como da outra vez, a espingarda? Teve de atravessar o rio para chegar mais depressa, coisa não isenta de perigo se

35

bem que, na verdade, a água não fosse muita, e pouco depois ouvi dois tiros e logo a seguir um terceiro... "Três tiros para um só animal!" disse comigo. Duas balas teriam chegado para um leão, quanto mais para um tigre... De resto, a heroicidade era inútil, porque o pequeno estava morto e quase devorado antes que Glahn tivesse tempo de intervir. Tenho a certeza de que, sem a cerveja, não teria intentado o inútil salvamento.

Passou a noite divertindo-se com uma viúva e suas duas filhas, numa cabana perto da nossa... Sabe Deus o que teriam de aturar-lhe aquelas três pobres mulheres!... Não deve ser nada agradável falar de amor com um tonel.

Durante dois dias viveu em permanente embriaguez; tinha sempre com quem beber, mas eu devo declarar que nem uma só vez anuí aos seus convites. Estava tão bêbado que não sabia o que dizia e quando pela última vez recusei seu convite, insultou-me:

— Parece que tem inveja de mim.

— Inveja de você? Que qualidade pensa você ter para inspirar ciúmes?

— Não, não; desculpe-me. Não quis dizer ciumento... Acabo de cumprimentar Maggie... Naturalmente você não tem motivos para ficar ciumento; estava mascando, mascando como sempre.

Mordi os lábios para não lhe responder, e saí.

Capítulo IV

Havíamos retomado a caça e um dia Glahn, a quem certamente pesava não ter procedido bem comigo, disse-me inesperadamente:

— Estou cansado de tudo, de tudo!... Gostaria que uma das balas da sua carabina me confundisse com um tigre e me despedaçasse o coração.

Queria então uma das minhas balas? Suas impertinências não mereciam tanto... Talvez a célebre carta da condessa tivesse a culpa de tudo. Todavia, para o manter cordato no futuro, respondi-lhe:

— Cada um acaba segundo as suas ações; não se esqueça disso.

A partir de então tornou-se mais sombrio e mais preocupado; já não bebia, pouco falava e emagrecia a olhos vistos... Alguns dias depois tive a minha atenção despertada por duas vozes que falavam e riam sob a minha janela. Debrucei-me e vi Glahn, aparentemente mais satisfeito e presunçoso do que nunca, falando com Maggie, a quem naturalmente tentava seduzir. Com certeza estivera aguardando a sua chegada para a abordar, e sem o menor constrangimento, debaixo da minha própria janela, procurava insinuar-se como se nada fosse. Senti-me estremecer por um calafrio de ódio e carreguei o fuzil... Felizmente sobreveio a reflexão e desengatilhei a arma já pronta. Apesar disso saí, e agarrando Maggie por um braço levei-a comigo sem dizer palavra. Glahn encolheu os ombros e entrou sem mesmo voltar a cabeça. Quando ficamos sós, perguntei iradamente a Maggie.

— Por que tornaste a falar com ele?

Seu silêncio aumentava a minha cólera: quase não podia respirar; nunca como então me parecera tão atraente e não a teria trocado nesse momento pela mulher mais linda do mundo; não só esquecia sua cor como até minha dignidade... tudo.

— Responde-me, por que tornaste a falar-lhe?
— Porque gosto mais dele.
— Mais do que de mim?

Seu silêncio aumentava a minha cólera: quase não podia respirar; nunca como então me parecera tão atraente e não a teria trocado nesse momento pela mulher mais linda do mundo; não só esquecia sua cor como até minha dignidade... tudo.

— Responde-me, por que tornaste a falar-lhe?
— Porque gosto mais dele.
— Mais do que de mim?
— Sim.

Ah, então ele agradava-lhe mais! E no entanto não podia comparar-se comigo; além disso eu sempre fora bom para ela: dera-lhe dinheiro e presente, ao passo que ele... Não sabendo como castigá-la, retruquei:

— Pois ele não faz senão rir de ti... Diz que está sempre mascando e que isso é um hábito repugnante.

Como não compreendeu logo, tive de explicar-lhe isto várias vezes. Via-a depois empalidecer, emocionar-se, e continuei:

— Ouve, Maggie, queres ser minha para sempre? Quando for embora levar-te-ei comigo e se quiseres poderemos casar... Viveremos felizes em minha terra... Queres?

Também isto pareceu comovê-la pois abandonou toda a melancolia e esteve animada durante todo o passeio; apenas uma vez tornou a falar de Glahn:

— E ele também irá conosco?
— Não, absolutamente... Aborrece-te isso?
— Se tu não queres... por mim não me importa.

Estas palavras tranqüilizaram-me; como das outras vezes Maggie acompanhou-me até à casa e quando se retirou subi a escada e bati à porta de Glahn, que me respondeu:

— Quem é?
— Sou eu... Será bom não irmos caçar amanhã.
— Por que?
— Porque não tenho a certeza de não lhe meter uma bala no corpo.

Não respondeu nada e tornei a descer. Após esta advertência não se atreveria a sair de casa no dia seguinte... Mas, se era tão inteligente, por que se meteu a cortejar Maggie debaixo da minha própria janela?... Por que não se ia embora de uma vez, já que o chamava a famosa carta da condessa?... Sem dúvida uma grande batalha se travava em seu cérebro, pois às vezes cerrava os dentes e murmurava: "Nunca, nunca!... Prefiro a condenação!.... Nunca!"

Na manhã seguinte, apesar da minha evidente ameaça, veio acordar-me:

— Levante-se amigo, está um tempo magnífico para caçar!... E saiba que o que me disse ontem à noite é a coisa mais estúpida que tenho ouvido!

Seriam apenas quatro horas, e, vendo que ele desprezava a minha advertência, levantei-me e na sua frente carreguei cuidadosamente a carabina. Logo me certifiquei de que fazia um tempo abominável e compreendi que suas palavras haviam sido um novo embuste, um novo insulto. Apesar de tudo nada disse e saímos juntos.

Durante todo o dia erramos pelo bosque sem falarmos, falhando todos os tiros talvez porque cada um de nós pensava em outra coisa. Lá pelo meio-dia Glahn obstinou-se em andar sempre à minha frente, sem dúvida por bravata e só para mostrar que facilitava o cumprimento da minha ameaça; pacientemente nada fiz e tolerei a nova ofensa; então, quando regressamos, já de noite, disse-lhe: "Espero que compreenda a minha razão e que passará a deixar Maggie em paz." Deitamo-nos cedo e no momento de nos separarmos ouvi murmurar:

— Foi o dia mais comprido da minha vida!

Depois disto continuou de mau humor, talvez por causa da carta, e muitas vezes, de noite, falava só, repetindo à maneira de um desesperado estribilho: "Não posso resistir mais... Não posso, não posso!" Sua preocupação era tal que nem respondia à nossa gentil hospedeira. Quantas coisas lhe pesariam na consciência! Por que não se ia embora? Talvez o demônio do orgulho lhe não permitisse apresentar-se diante dessa que já uma vez se vira obrigada a romper com ele.

Continuava a encontrar-me todas as noites com Maggie, à qual não voltara a dirigir a palavra. Havia uns dias que a mestiça já não mascava nada, e isto aumentava os seus encantos. Enfim, depois de mil rodeios, perguntou-me certa vez por Glahn?: "Estava doente? Fora embora?" Eu respondi-lhe bruscamente:

— Se não foi embora sem se despedir ou se não morreu de tédio, deve estar deitado no seu quarto... Para mim tanto faz.

Ao aproximarmo-nos do hotel avistamo-lo estendido em pleno campo, sobre a sua esteira, com as mãos cruzadas sob a nuca e os olhos perdidos no azul. Antes que eu pudesse impedi-lo, Maggie correu para junto dele e disse-lhe:

— Olha, já não masco nada; nem penas, nem pedaços de papel, nem moedas... Nada, nada!

Glahn não lhe deu a menor atenção e permaneceu imóvel. Afastei-a dali à viva força e lancei-lhe em rosto o ter faltado à promessa de não falar mais com ele; ela garantiu-me que o fizera para lhe dar uma lição.

— Foi então por causa dele que te corrigiste desse feio costume?

Não respondeu, e, inquieto pelo seu silêncio, insisti:

— Não ouves?... Foi por causa dele?

— Não, não; por tua causa.

Não tive outro remédio senão acreditar. Afinal, que motivos tinha ela para se preocupar com Glahn? Prometeu vir buscar-me de noite e cumpriu sua palavra.

Capítulo V

Chegou às dez em ponto; ouvi sua voz do meu quarto, e através da janela vi-a falar com um menino que trazia pela mão... Por que não entrava logo como das outras vezes? Uma suspeita atravessou-me: aquele menino e aquele tom descompassado de falar podiam ser um sinal convencionado; e o meu pensamento tomou corpo ao vê-la olhar insistentemente o andar de cima. Talvez Glahn lhe tivesse feito algum sinal... O que se tornava absolutamente evidente era que, para falar com um menino, não seria necessário olhar para cima.

No próprio instante em que me dispunha a ir buscá-la, via-a largar a criança e entrar; bem, ao menos terminava por onde devia ter começado! Desta vez não seria tão brando: a reprimenda ia ser dura. Já entrou; ouço-a no corredor, sinto-a continuar, subir as escadas apressadamente, e antes que eu possa mover-me, entra no quarto de Glahn. Estarei sonhando?... Não, não se trata de uma alucinação; escancaro a porta e não há ninguém, ninguém... Torno a fechar e carrego o meu fuzil; pouco mais ou menos à meia-noite, subo devagar e ponho-me a escutar. Não há a menor dúvida: Maggie prodigaliza a Glahn os tesouros do seu amor, exaltados naturalmente pelo longo desejo... Desço outra vez e torno a subir uma hora mais tarde: já se não ouve nada; adormeceram talvez... Será preciso esperar que acordem. Meu relógio marca as três, as quatro, as cinco. Um leve rumor anuncia-me o despertar e torno a subir, estupidamente obstinado em comprovar minha desventura... "Já acordaram — digo comigo; — está bem... está bem."

Os primeiros passos da patroa obrigam-me a deixar o observatório e a fechar-me de novo. Ao passar pelo corredor vem-me este pensamento pueril e triste: "Ontem à noite, às dez, ouvia-a passar roçando por esta porta e subir para se dar a esse maldito homem."

Quando o sol se levanta minha cama ainda está intacta e fico por longo tempo sentado à janela, com a carabina entre os joelhos. Meu coração não bate: treme, quase geme... Meia hora mais tarde ouço Maggie descer e vejo-a sair. Seu saiote de algodão está amarfanhadíssimo e leva aos ombros um chale que Glahn naturalmente lhe emprestou. Vai devagar, sendo o seu costume, e leva um bom pedaço a desaparecer entre as próximas choças, sem voltar uma vez sequer a cabeça para olhar a janela de onde os meus olhos ansiosamente a seguem.

Glahn desce pouco depois com o fuzil a tiracolo, disposto a sair para a caça. Traz o ar sombrio e não me cumprimenta; observo, porém, que se vestiu com esmero, "com a garridice de um noivo", penso... Sigo-o e andamos mudos longo tempo; duas perdizes que matamos foram despedaçadas pelo mero desejo de nos servirmos das carabinas. Ao meio-dia assamo-las debaixo de uma árvore e comemos em silêncio; reatada a marcha, Glahn que se afastara um pouco, gritou:

— Tem a certeza de que carregou outra vez?... Olhe que podemos ter algum mau encontro.

— Está bem carregada, não se incomode.

Torna a afastar-se e desaparece numa quebrada, deixando-me só com os meus pensamentos: "Ah, com que alegria o matarei como a um cão!..." Mas não é preciso ser já... temos ainda muito tempo... sem dúvida ele adivinha os meus propósitos claramente o indica sua pergunta de há pouco... Mesmo no último dia de sua vida não pode resistir à necessidade de brilhar, de parecer valente e de se apresentar bem vestido e com camisa nova... O próprio orgulho da sua fisionomia tem alguma coisa de intolerável vaidade.

Continuamos andando, e lá pela uma hora voltou-se, muito pálido, e disse-me em tom peremptório:

— Não posso mais; veja se tem o fuzil bem carregado.

— Preocupe-se apenas com o seu — respondi.

Não me passava desapercebida a causa de tanta inquietação e quando ele se afastava com a cabeça baixa, intimidado certamente pelo meu tom, atirei a um pombo para lhe demonstrar a excelência das minhas balas. Enquanto eu carregava de novo, ficou-se a observar por detrás de uma árvore e cantou uma canção nupcial... Eis aí: aquele importuno canto, como o seu traje, era um meio mais de seduzir!... Continuamos o caminho, ele sempre adiante, quase junto ao cano da minha carabina, parecendo dizer consigo a cada passo: "Vai disparar de um momento para outro..." Mas como o tempo passava e nada acontecia, virou-se de novo para me dizer:

— Hoje não mataremos mais nada, verá.

Sorria, e até mesmo nesse instante seu sorriso possuía um estranho atrativo, pois dir-se-ia que chorava no fundo da sua alma, e que apesar dos esforços para sorrir, os lábios lhe tremiam ante a decisiva solenidade da hora.

Como sou um verdadeiro homem, suas bravatas nada me importavam. Pouco a pouco começou a impacientar-se, a empalidecer mais e dar voltas em redor de mim... Por fim, lá pelas cinco, ouvi uma súbita detonação e senti uma bala passar-me junto à orelha esquerda. Ergui os olhos e vi-o à minha frente, poucos passos distante, com a carabina ainda fumegante... "Ah, queria então matar-me?" Para melhor o castigar, disse-lhe:

— Falhou o tiro... há já algum tempo que não atira bem.

Não era verdade, ele atirava como sempre: o que queria era exasperar-me. A prova é que em vez de responder-me, gritou:

— Vingue-se, homem, com todos os diabos!

— Não gosto de me vingar antes do tempo.

Cerrei os dentes e olhei-o cara a cara, esforçando-me para reprimir a indignação. Ele então encolheu os ombros e do mesmo modo como me teria escarrado exclamou:

— Covarde!... Covarde!

Ah!, por que pronunciou ele a palavra injuriosa que nenhum homem pode suportar? Levei o fuzil ao rosto, apontei bem e puxei o gatilho...

Cada qual acaba segundo as suas ações.

A família de Glahn poderá terminar, quando quiser, suas vãs pesquisas. Aborrece-me ler dias a fio, nos jornais, o estúpido anúncio que promete uma recompensa a quem averiguar o paradeiro de um indivíduo que já não existe... Os acidentes de caça acontecem na Índia com grande freqüência... A polícia escreveu seu nome num librete, com esta simplíssima menção: "Morto por acidente"; nem mais nem menos.

O SONHADOR

Capítulo I

Marie van Loos, governanta da Casa paroquial estava parada à janela da cozinha e olhava rua acima. Podia reconhecer perfeitamente aqueles dois lá distante, junto à sebe. Um, era sem dúvida seu noivo, o telegrafista Rolandsen, e o outro vulto era Olga, a filha do sacristão. Nesta primavera pela segunda vez os via juntos. Que significava isto? Se Marie van Loos não estivesse tão ocupada, já teria subido a rua para exigir uma explicação dos dois.

Para isto, não havia tempo agora. Em todos os lados da extensa casa havia muita atividade, e a qualquer momento devia chegar o novo pastor com a esposa. O pequeno Ferdinando vigiava da trapeira a baía, para preparar o café na hora da chegada. Necessitariam da bebida, pois do porto de Rosengaard ainda viajariam de barco mais uma milha[*].

Nos campos havia gelo e neve, mas era maio e fazia um dia bonito, pois nesta época os dias no Norte do país já são claros e longos.

Pegas e gralhas cuidavam dos ninhos e sobre as encostas dos morros começava a verdejar capim novo.

Até o salgueiro do jardim, ainda coberto de neve, começava a brotar.

Agora era preciso aguardar para ver o novo pastor. Toda a comunidade estava em expectativa. Ele, propriamente,

---

[*]. A milha norueguesa corresponde, aproximadamente, a 11 kms.

vinha provisoriamente como pastor até que fosse nomeado o definitivo. Mas, para esta comunidade de pobres pescadores e a fatigante viagem à igreja agregada todos os meses, isso poderia demorar bastante.

Certamente nenhum pastor desejaria permanecer naquela paróquia.

Corria o boato que o novo pastor era rico e não precisava contar cada centavo antes de gastá-lo. Já haviam contratado, antecipadamente, uma governanta e duas empregadas e também a casa não fora esquecida. Contavam com mais dois empregados, além do esperto Ferdinando que devia ajudar a todos. A comunidade o aceitava como bênção, ao conhecer sua situação. Assim, por certo, ele não repararia tanto nas esmolas oferecidas, antes ainda daria alguma coisa de seu aos pobres. Todos estavam ansiosos, tanto os sacristãos como os outros pescadores que, com suas altas botas, desciam para o desembarcadouro, mascando fumo, cuspindo e conversando.

Finalmente o esguio Rolandsen começou, vagarosamente, a descer a rua. Despedira-se de Olga e Marie van Loos saiu da janela. Mais tarde ajustaria contas com ele. Não era raro Marie ter de ajustar contas com Ove Rolandsen. Ela descendia de holandeses, falava o dialeto de Bergen e dispunha de tal verbosidade a ponto do noivo a apelidar de "senhorita diabo solto". O comprido Rolandsen era um rapaz audaz e espirituoso.

Onde iria agora? Teria intenção de receber a família do pastor? Aparentemente — como muitas outras vezes — não estava bem sóbrio. Lá ia ele, com um ramo de amentilho na lapela, o chapéu um pouco ao lado. E daquela maneira queria se apresentar! Os sacristães, lá embaixo no ancoradouro, teriam preferido, naquele momento importante, que ele tivesse ficado onde estivera.

De qualquer modo, como era possível alguém ter aparência como a dele? Seu nariz grande era pretensioso para o cargo insignificante que ocupava na vida. Além disso, durante o inverno não cortava o cabelo o que lhe dava, de semana em semana, um aspecto mais de artista. Sua noiva costumava dizer com mordacidade que parecia um pintor que acabara como fotógrafo. Contava agora trinta e quatro anos, havia freqüentado a escola e ainda era solteiro. Com voz grossa, ao som da guitarra, cantava canções da redondeza que podiam ser até comoventes porém, ele se ria delas a ponto de lhe correrem lágrimas. Vangloriava-se disso. Era chefe da agência de telégrafos e estava no emprego há dez anos. Rolandsen, alto e forte, caso se apresentasse uma oportunidade para uma briga não se fazia de rogado.

Em dado momento o pequeno Ferdinando se agitou. Lá da trapeira viu surgir, na curva da ponta de terra, a proa branca da lancha particular do comerciante Mack; em seguida desceu as escadas em três lances temerários e gritou para dentro da cozinha:

— Chegaram.

— Nosso Senhor! Já? — bradaram as moças nervosas. Mas, a governanta não perdeu a calma. Já trabalhara com a família do antigo pastor e conhecia o serviço, era prática e competente.

— Façam o café! — foi apenas o que disse.

O pequeno Ferdinando correu com a novidade para os empregados. Estes largaram o que estavam fazendo, vestiram apressadamente seus paletós domingueiros e desceram para o ancoradouro. Ali agora se encontravam dez homens para receber os estranhos.

— Bom-dia! — gritou da lancha o pastor. Sorriu um pouco e tirou o chapéu.

Todos os homens o saudaram com reverência e os sacristães se curvaram tanto que os cabelos caíram sobre os olhos. O comprido Rolandsen não fez tanto, ficou ereto e somente se descobriu.

O pastor era homem jovem, com sardas e uma barba cerrada avermelhada quase lhe tapando as narinas. A esposa se encontrava deitada na cabina sofrendo de enjôo de mar.

— Chegamos — disse o pastor pela abertura da porta e ajudou a mulher a sair. Ambos estavam com roupas grossas e antiquadas que lhes davam uma aparência esquisita. Era uma espécie de sobretudo que pediram emprestado para a viagem, com certeza, a fim de proteger a roupa boa. O chapéu da mulher escorregara para a nuca e um rosto pálido, com grandes olhos encarava os homens. O sacristão Levion entrou n'água carregando-a para terra e o pastor se arrumou sozinho.

— Meu nome é Rolandsen. Sou telegrafista — disse o comprido Rolandsen adiantando-se. Estava bêbado, com os olhos vidrados e, apesar disso, como homem de maneiras, apresentava-se bastante seguro.

— Se eu estivesse informado — continuou dirigindo-se ao pastor — eu lhe apresentaria todos. Presumo, que aqueles dois sejam os sacristães, os outros dois seus empregados. Este é Ferdinando.

O pastor e sua mulher acenaram para todos, bom-dia, bom-dia. Em breve haviam de travar relações e se conheceriam melhor. Agora, era preciso trazer a bagagem para a terra.

O sacristão olhou para a cabina e já se ia dirigindo de novo para a lancha, quando perguntou:

— Não há crianças?

Todos os olhares se dirigiram para o pastor e a mulher. Mas estes nada disseram.

— Não há crianças? — repetiu o sacristão.

— Não — respondeu o comandante da lancha.

O rosto da senhora enrubescera. O pastor respondeu:

— Não, somente nós... Depois vocês devem subir para receber seus pagamentos.

Naturalmente era rico. Este era homem que não havia de reter o pagamento dos pobres; o antigo pastor nunca pagara um serviço, sempre só dissera: "muito obrigado, por enquanto".

Subiram pela praia e Rolandsen mostrava o caminho. Mantinha-se na beirada da estrada, caminhando na neve a fim de deixar lugar para os outros. E não se incomodava por apenas calçar sapatos leves e elegantes; seu paletó também estava aberto ao fresco vento de maio.

— Então esta é a igreja! — disse o pastor.

— Parece velha. Há um aquecedor lá? — perguntou a mulher.

— Não posso dizer — respondeu Rolandsen — mas, creio que não.

O pastor se espantou. Este, pelo jeito, não era homem de igreja, ao contrário, era alguém que não fazia diferença entre dias de trabalho e feriados. E o pastor se tornou então um pouco mais reservado com o estranho. A governanta se encontrava na escada e novamente Rolandsen fez as apresentações. Depois de as ter feito, cumprimentou-os e quis retirar-se.

— Espere um momento, Ove! — cochichou Marie van Loos.

Mas Rolandsen não esperou, cumprimentou-os novamente e desceu as escadas recuando. O pastor achou que era um rapaz estranho.

A senhora já entrara na casa. Estava se recuperando do mal-estar e inspecionava os quartos. Desejou o aposento mais claro e bonito para sala de trabalho do pastor e para ela escolheu o quartinho em que Marie van Loos morara.

Capítulo II

Não, Rolandsen não ia esperar. Conhecia a senhorita van Loos e sabia o que lhe esperava. E fazia com má vontade o que ele mesmo não desejava fazer.

Na rua encontrou um dos pescadores da comunidade que perdera a recepção da chegada do pastor. Era Enok, homem religioso e manso que sempre andava de olhos baixos e com um pano na cabeça por doença no ouvido.

— Você se levantou tarde demais — disse Rolandsen ao passar.

— Ele já chegou?

— Sim, chegou. Apertei-lhe a mão. Depois, falando sobre os ombros: — Você ainda vai lembrar-se de minhas palavras, Enok. Invejo-lhe a mulher!

Para estas palavras encontrara o homem certo. Enok cuidaria de que suas palavras frívolas e levianas fossem espalhadas.

Rolandsen continuou a caminhar à beira do bosque e chegou ao rio. Ali ficava a fábrica de cola de peixe de Mack, onde trabalhavam algumas moças. Rolandsen gostava de mexer com elas quando passava por lá. Nisto era um verdadeiro diabo de homem, sem dúvida nenhuma. Ademais, hoje estava de bom humor e demorou mais tempo que habitualmente. As moças logo perceberam que estava tocado e com boa disposição.

— Então, Ragna, por que pensa você que venho tantas vezes aqui? — perguntou Rolandsen.

— Não sei — respondeu Ragna.

— Naturalmente pensa que é o velho Labão quem me impele.

As moças riram.

— Ele diz Labão e quer dizer Adão!

— É a salvação de sua alma que trago no coração. Tome cuidado com os moços da região, eles são sedutores e mal intencionados.

— Não pior que o senhor — retrucou outra moça. O senhor já tem dois filhos. Devia se envergonhar!

— Uma coisa destas, só mesmo você diria, Nicoline. Você sempre foi um prego para meu caixão e me dilacerou o coração. Disto você tem certeza. Mas você, Ragna, a você quero salvar impiedosamente.

— Isto o senhor pode fazer com a senhorita von Loos, respondeu Ragna.

— Você custa a compreender as coisas, continuou Rolandsen. Por exemplo, quanto tempo demora você para cozinhar estas cabeças de peixe no vapor, antes de fechar novamente a válvula?

49

— Por duas horas.

Rolandsen acenou com a cabeça. Isto já descobrira e calculara antes. O levado do Rolandsen sabia bem por que fazia todos os dias a caminhada até a fábrica, espionava e indagava das moças.

— Não tire a tampa, Pernille! — gritou. — Você está maluca?

Pernille ficou vermelha.

— Frederik disse para mexer, respondeu.

— Todas as vezes que você levantar a tampa, evapora-se calor, disse Rolandsen.

Pouco depois chegou Frederik Mack, o filho do comerciante e Rolandsen retornou a seu tom de maroto:

— Não foi você, Pernille, que trabalhou um ano em casa do juiz? Dizem que você foi uma verdadeira fúria e que a única coisa que não quebrou foram os acolchoados de pena.

Todos riram. Justamente Pernille era a criatura mais dócil do mundo. Além disso, era aleijada e como filha do manejador dos pedais do órgão da igreja, ela emanava tranqüilidade.

Quando Rolandsen continuou seu caminho encontrou de novo Olga, a filha do sacristão. Com certeza fora à loja. Mas agora se apressava, pois seria vergonha dar impressão de ter esperado por ele. Mas Rolandsen nem imaginava isto. Sabia perfeitamente que se não se encontrasse cara à cara com a moça, esta o evitaria. E no fundo isto lhe era absolutamente indiferente. Pois não era ela quem o preocupava.

Quando chegou ao telégrafo, assumiu um ar distante para evitar intimidades com o ajudante de telegrafista que sempre queria conversar fiado. No momento era um colega inacessível. Trancou-se na sala, em que, além dele, só entrava uma velha senhora.

Aqui vivia, este era seu mundo. Porque Rolandsen não vivia só de leviandade e álcool. Era também um pensador e inventor. Na sala havia cheiro de ácidos, e remédios. O cheiro penetrava até ao corredor e subia às narinas de todos.

Rolandsen sempre deixava transparecer que só e unicamente usava aqueles medicamentos para suplantar o cheiro de aguardente. Mas isto só imaginara para simular bastante mistério.

Na realidade usava os líquidos em copos e jarros para experiências. Descobrira um meio de fabricar cola sintética e desejava fazer concorrência ao comerciante Mack. A fábrica trabalhava com despesas elevadas, o transporte era incômodo e só dispunha de matérias-primas na época da pesca. Além disso, o dirigente da empresa — seu filho Frederik — não era especialista. Rolandsen, porém, conseguia fazer cola das coisas mais variadas mesmo das sobras que Mack jogava fora, aplicando, ainda, um processo de fazer tinta dos refugos.

Se o telegrafista Rolandsen não tivesse lutado sempre contra a pobreza e falta de meios, a invenção já seria uma realidade. Mas ninguém naquele lugar conseguia dinheiro sem recorrer ao comerciante Mack. E a ele, Rolandsen não se atrevia a ir apenas por uma boa razão. Deixara transparecer, um dia, que a obtenção de cola na fábrica, lá perto da queda d'água, era muito dispendiosa. Porém Mack, como homem importante e experiente, apenas fizera um gesto com a mão e disse que a fábrica era mina de ouro. Rolandsen estava ansioso para apresentar os resultados de suas experiências. Enviara amostras a químicos do país e do exterior, para ter a certeza de que era um princípio promissor. Mas não conseguia ir além. Ainda precisava esperar um pouco para apresentar ao mundo aquele líquido límpido e claro, e tirar patente em todos os países do mundo.

Hoje, o jovem Rolandsen tinha razões secretas para receber a família do pastor lá no ancoradouro. Pois, se o pastor fosse rico, poderia empregar parte do dinheiro numa invenção grande e segura. "Se ninguém ousar, eu ousarei!" — diria, por certo, o pastor. Rolandsen estava cheio de esperança.

Ah, Rolandsen tinha esperanças com muita facilidade. Sempre se entusiasmava por pouco. Mas, de outro lado, também aceitava bem as desilusões, isto era preciso reconhecer. Era forte e orgulhoso e não se deixava abater. Por exemplo, havia o caso da filha de Mack, Elise, que também não conseguira abatê-lo. Elise era alta, bonita, morena, de lábios rubros, e tinha vinte e três anos. Dizia-se que o comandante Henriksen, da linha costeira, a amava secretamente, mas os anos se passavam e nada acontecia. Qual a razão? Já há três anos, quando Elise Mack tinha apenas vinte anos, Rolandsen estivera loucamente apaixonado por ela e lhe teria oferecido seu coração. Ela era suficientemente amável para se fazer desentendida. Isto deveria ter sido uma advertência para Rolandsen e deveria ter-se retraído, mas não o fizera. Ao contrário, no ano passado começara a falar abertamente sobre isto. Ela primeiro tivera que rir da pretensão do rapaz, antes de conseguir que ele compreendesse a distância existente entre ambos. Não esperava o comandante Henriksen, há anos, pelo "sim"?

Em vista disto, Rolandsen saíra correndo e ficara noivo de Marie van Loos. Não era homem de buscar a morte por ter sido rejeitado, nem mesmo quando tal recusa viesse do lado mais alto.

Mas, agora, era novamente primavera. E para aquele grande coração a primavera era quase insuportável.

Capítulo III

A sardinha da primavera vem preguiçosamente do mar. Os lançadores de redes estão atentos em seus barcos e a procuram com binóculos, pela superfície do mar durante o dia. Lá, para onde os pássaros convergem aos bandos, e se aproximam de vez em quando da água, pode haver cardume. Em águas profundas as sardinhas podem ser apanhadas com rede de arremesso, mas importante é saber se chegam também nas águas mais rasas das enseadas e golfos, onde possam ser cercadas pelas redes de arrastão. Porque só então é que aparece vida e atividade entre a população da costa. Aos altos gritos, as embarcações comerciais se reúnem. E pode haver tanto lucro como areia na praia.

O pescador é um jogador. Estende a rede ou o caniço e espera pela puxada. Atira a rede grande e deixa o destino agir. Muitas vezes segue-se uma perda atrás de outra, os utensílios são levados pelas águas, afundam ou são destroçados pela tempestade. Mas ele se prepara de novo, e o jogo continua. Às vezes vai distante, para regiões onde ouvira dizer que outros tiveram mais sorte. Esforça-se e rema durante semanas através de trechos difíceis do mar e, no entanto, finalmente, chega tarde demais. O jogo já terminara.

Mas, de vez em quando, a sorte grande pode estar no meio do caminho à espera dele e então lhe enche o barco de dinheiro. Ninguém sabe quem será o escolhido, mas todos têm motivo para esperança.

O comerciante Mack estava preparado. Já tinha a rede grande no barco e seu mestre não tirava o binóculo dos olhos. Mack possuía um galeão e duas canoas, ancoradas na baía e que acabavam de ser descarregadas e lavadas depois de uma pesca de bacalhau nos Lofotes. Agora queria pescar sardinhas, quando chegasse o tempo, pois em seus armazéns no porto as barricas estavam vazias. Além disso, tinha intenção de comprar todas as sardinhas que pudesse e para isso estava com dinheiro, a fim de as adquirir antes que os preços subissem. Em meados de junho, sua rede de arrastão fez a primeira pesca. Não era grande, *só* umas cinqüenta toneladas, mas logo se espalhou a notícia e alguns dias depois uma tripulação de pescadores estranhos ancorou, na certeza de encontrar boas possibilidades.

Nessa mesma época, durante uma noite, o escritório da fábrica de Mack foi assaltado. Fora um assalto altamente audacioso. Pois as noites eram, agora, desde o entardecer até a manhã, luminosamente claras e tudo que acontecia podia ser visto de grande distância. O ladrão arrombara duas portas e roubara duzentos táleres.

A comunidade quase não podia acreditar em acontecimento tão inaudito. Nem mesmo os mais velhos se lembravam de coisa igual. Nas crises de pobreza dos moradores acontecia, às vezes, um tirar do outro algo para comer ou tentar aplicar um pequeno logro, mas roubo desta envergadura ainda não acontecera. Por isso, a tripulação estranha ficou logo sob suspeita e foi interrogada.

Mas os pescadores provavam que, na noite do assalto, todos estavam a uma hora de viagem distante da fábrica, lá fora, perto da colônia, à espreita de sardinhas.

Isto amargurou bastante o comerciante Mack. Haveria de ter sido, então, alguém da comunidade quem praticara o ato.

Ao senhor Mack não importava tanto o dinheiro e dissera mesmo abertamente que o ladrão fora tolo em não tirar mais. Mas que alguém do vilarejo o roubasse, isto o magoava muito, ele que era benfeitor de todos. Não cobria, com impostos de duas empresas, a metade de toda a arrecadação da comunidade? E porventura alguém em situação difícil, deixara alguma vez seu escritório sem receber auxílio?

O comerciante ofereceu um prêmio pelo esclarecimento do roubo. Pois, quase diariamente, chegavam novos barcos de pescadores ao porto e todos aqueles estranhos iriam ter uma impressão esquisita da relação entre o comerciante Mack e sua gente quando descobrissem que tinha sido roubado por eles. Jactancioso como era este rei do comércio, fixou o prêmio em quatrocentos táleres. Todo mundo devia tomar conhecimento de que não ligava para uma quantia tão grande.

Também o novo pastor soubera da história do arrombamento e, no domingo da Trindade, quando o Evangelho se referia a Nicodemos que durante a noite chegara à presença de Jesus, aproveitou a oportunidade para falar de ladrão:

— Lá vêm eles durante a noite — assim disse — e arrombam nossas portas e roubam nossa fortuna. Nicodemos não fizera mal a ninguém. Na verdade, também ele escolhera a noite para sua ida porque era um homem medroso, mas o fizera para a salvação da alma. E que acontece hoje? Ah, o mundo está tão cheio de atrevimento que se usa a noite para roubos e pecados. Que seja atingido o culpado, fora com ele!

O novo pastor demonstrava ser lutador. Só pregara três vezes e no entanto já conseguia a conversão de alguns pecadores. Ao subir ao púlpito, ficava pálido e estranho como um fanático. Na comunidade havia gente que no primeiro domingo se aborrecera e não voltara. Sim, mesmo Marie von Loos estava abalada, aquela rabujenta solteira que durante toda a vida fora mordaz e severa. As duas moças que trabalhavam sob suas ordens notaram com alegria a mudança que se operava nela.

Havia chegado muita gente à baía. E muitos bem que gostaram do que aconteceu ao comerciante Mack, que estava ficando poderoso demais com seus grandes negócios, sua rede de arrastão, sua fábrica e suas embarcações. Os pescadores das aldeias ao redor ficavam do lado de seus próprios negociantes que eram sociáveis e afáveis e dos quais nenhum — como Mack — usava colarinhos brancos e luvas de couro de veado. Este roubo até — era bem salutar para seu orgulho. E o velho Mack que não desperdiçasse assim o dinheiro. Ele necessitaria de bastante para a compra de sardinhas — caso as sardinhas viessem. Afinal, ele não era tão rico para dispor de dinheiro como estrelas no céu. Só o diabo sabia se não fora ele que praticara o roubo — ou seu filho Frederik — só para dar a impressão de que podia perder dinheiro como feno, quando na realidade se encontrava em dificuldades. o mexerico se espalhou terra acima e mar abaixo. Mack compreendeu que tinha de acabar com o falatório. Na baía, agora, estavam homens de cinco cidades que levariam suas impressões para casa, participando-as às famílias e comerciantes. E, por isso, ele tomaria providências para que fosse comentado *quem* era Mack de Rosengaard.

Por esta razão, quando teve de ir novamente à fábrica, alugou um navio. A fábrica distava apenas uma milha do porto e a viagem lhe custou dinheiro. Na baía houve muito alvoroço quando o navio entrou, marulhando, com Mack e sua filha Elise. Era, por assim dizer, dono do navio e estava de pé a bordo, envolto numa pele, apesar do verão, e com uma faixa vermelha exageradamente larga na cintura. Depois que pai e filha foram conduzidos para terra, o navio imediatamente fez manobra e partiu. Todos podiam ver que esta fora sua única incumbência. E então muitos, entre os estranhos, também se curvaram ao poder de Mack.

E Mack fez mais. Não conseguia esquecer a vergonha do roubo. Assim, mandou colocar novo aviso, prometendo também dar quatrocentos táleres de prêmio ao ladrão, caso este se apresentasse. Generosidade igual ainda não fora conhecida. Não deviam todos compreender, agora, que Mack não ligava em reaver o miserável dinheiro roubado? Mas os boatos ainda não morreram: se o ladrão era aquele que todos imaginavam, agora sim é que não se apresentaria. Com toda certeza não o faria!

Mack se encontrava em situação difícil. Sua reputação estava perigando. Durante vinte anos fora o grande Mack e ninguém lhe disputara o lugar, e agora parecia que alguns já o cumprimentavam com menos respeito e veneração que antes. No entanto ele era — ainda por cima comprado — cavalheiro de uma ordem real. Que senhor sempre fora! Ele dava ordens na comunidade, os pescadores o seguiam cegamente e os comerciantes, dos outros distritos e das ilhas, o imitavam. Mack sofria de um mal de estômago que com certeza provinha de sua vida principesca, e por isso, assim que esfriava um pouco, usava uma larga faixa vermelha à cintura. Imediatamente os pequenos comerciantes das ilhas o imitaram, aqueles ridículos novos ricos que Mack deixava viver por piedade. Também eles queriam passar por gente fina que comia bem e tão fartamente que os estômagos sofriam com isso. Mack entrava na igreja e andava pela nave com sapatos rangentes, fazendo um barulho ostensivo. Também nisto foi imitado. Mergulhavam seus sapatos n'água e deixavam secá-los ao sol durante a semana a ponto de ficarem torrados, para que pudessem também atravessar a igreja rangendo bem alto. Em tudo Mack era o grande exemplo.

Capítulo IV

Rolandsen estava sentado e fazia experiências em seu quarto. Via da janela que no bosque um certo galho de árvore subia e descia. Alguém devia sacudir a árvore, mas a ramagem estava muito cerrada para reconhecer quem o fazia. Assim, Rolandsen continuou as experiências.

Mas, o trabalho hoje não rendia. Pegou a guitarra e começou a tocar aquelas canções engraçadas de lamentações. Mas também isto não lhe dava prazer. A primavera mexia com seu sangue.

Elise Mack chegara, encontrara-a ontem à noite. Mas ele fora orgulhoso e presunçoso e se exibira. Parece que ela o queria alegrar com algumas amabilidades mas ele não correspondeu.

— Seu colega de Rosengaard pediu-me que lhe desse lembranças disse ela.

Mas Rolandsen não mantinha amizades com outros funcionários do telégrafo, não era um "colega". Ela estava querendo acentuar novamente a distância entre os dois, ah, isto ela iria pagar.

— O senhor poderia ensinar-me a tocar um pouco a guitarra.

Isto fazia a gente ficar surpreendido e talvez pudesse ter concordado. Mas Rolandsen não o fizera. Ao contrário, agora ia lhe dar a paga!

— Com prazer. A senhorita pode dispor sempre da minha guitarra.

Assim a tratara. Como se Elise Mack não pudesse comprar mil guitarras.

— Não, obrigada — recusara ela. Mal poderíamos estudar com ela.

— A senhorita receberá a guitarra.

Então ela atirara a cabeça para trás, dizendo:

— Não, peço desculpas, desisto.

A fria superioridade dele a atingira. Mas repentinamente ele não deu mais muita importância à sua vingança e murmurou:

— Só queria fazer-lhe presente da única coisa que possuo.

Cumprimentou-a tirando o chapéu e foi embora.

Seu caminho o levava à casa do sacristão. Queria encontrar Olga. Era primavera e Rolandsen precisava de uma garota. Não era fácil dominar um coração tão grande. Aliás, ele tinha propósito especiais em suas atenções para com Olga. Diziam que Frederik Mack estava interessado nela e Rolandsen o queria pôr fora de combate, incondicionalmente. Frederik era irmão de Elise e uma recusa faria bem a essa família. Além disso, Olga por si mesma merecia ser perseguida. Rolandsen a conhecia desde pequenina. Como em casa sempre havia escassez de tudo, ela usava os mesmos vestidos por muito tempo antes de conseguir novos. Mas era uma moça bonita, fresca e deliciosa em sua timidez.

Rolandsen a encontrara por duas vezes no bosque. Isto só conseguia indo todos os dias visitar seu pai, a pretexto de levar livros. O velho não os apreciava pois não gostava de leitura, mas Rolandsen quase que o impingia. "Estes são os livros mais importantes do mundo, afiançava, a gente tem obrigação de os conhecer. Leia-os por favor".

Perguntou ao sacristão se não sabia cortar cabelo. Mas o sacristão nunca o fizera em sua vida. Olga era quem o fazia. Entusiasmado, Rolandsen pediu Olga que lhe cortasse o cabelo. Ela ficou ruborizada e se retirou rapidamente dizendo que não podia fazer. Mas Rolandsen foi buscá-la e disse tantas palavras bonitas até ela concordar.

— Como deseja o corte? — perguntou.

— Como a *senhorita* o desejar. Eu não posso querer de outra maneira.

Voltou-se para o sacristão e começou a lhe dirigir perguntas tão intrincadas que o velho, sentindo-se constrangido e saturado, acabou indo para a cozinha. Rolandsen então abriu todos os registros e começou:

— Quando, numa noite de inverno, a senhorita está lá fora no escuro e depois volta à sala iluminada, a luz flui de todos os lados sobre o seu rosto.

Olga não compreendeu o que ele estava dizendo mas concordou.

— Sim — disse Rolandsen — o mesmo acontece quando venho vê-la.

— Creio que devo cortar mais, que acha?

— Sim, corte mais um pouco. Faça o que achar bem. Veja, há pouco pensou que só era preciso correr para fora e se esconder, mas isto não me ajudaria. Seria como se um raio quisesse apagar uma centelha.

Voltou-se bruscamente:

— Se o senhor conservar a cabeça quieta eu poderei cortar melhor.

— Então não posso olhar para a senhorita. Ouça, Olga, a senhorita está noiva?

Para esta pergunta Olga não estava preparada. Ela ainda não tinha a idade em que uma ou outra coisa não a desconcertasse.

— Eu? Não. Creio que agora está bom. Só falta igualar um pouco.

Tentou distraí-lo porque pensou que estivesse bêbado. Mas Rolandsen não bebera, estava sóbrio. Tinha trabalhado muito nesses últimos tempos. Os inúmeros pescadores estranhos tinham dado muito que fazer ao telégrafo.

— Não, por favor, não pare de cortar, corte mais uma ou duas vezes em toda a volta.

Olga sorriu.

— Isto não tem sentido.

— Ah, seus olhos parecem estrelas gêmeas, e seu sorriso enche meu coração de sol.

Ela tirou a toalha dos ombros de Rolandsen e recolhia os cabelos cortados espalhados pelo chão. Ele ajoelhara-se para a ajudar, e suas mãos se tocaram. Ela era uma menina moça, ele sentia sua respiração e um calor percorrer o corpo. Pegou sua mão e notou o vestido da moça preso apenas por um alfinete, o que lhe dava aspecto de pobreza.

— Não, por que faz isso? — balbuciou Olga.

— Por nada. Significa meu agradecimento pelo seu trabalho. Se não estivesse noivo oficialmente, eu me apaixonaria pela senhorita.

Ela se levanta, com cabelos cortados nas mãos. Ele continua abaixado.

— Vai sujar seu terno — disse ao sair pela porta.

Quando o sacristão voltou, Rolandsen fingia-se despreocupado, passou a mão sobre o cabelo curto e enterra o chapéu até as orelhas para mostrar como agora ficava largo. Repentinamente olha para o relógio, e diz que precisava ir à repartição e se despede.

Rolandsen foi à loja.

Queria ver uns broches, podiam ser dos mais caros. Escolheu um camafeu de imitação e pediu que lhe dessem prazo para o pagamento, o que foi recusado, por estar devendo muito de compras anteriores. Então escolhe um broche barato de vidro que parecia ágata, paga de seus poucos schillings e parte com seu tesouro.

Isto foi ontem à noite...

Agora estava no quarto e não conseguia trabalhar. Por isso apanhou o chapéu e foi ao bosque, para ver quem estava sacudindo a árvore. Encaminhou-se direto à cova do leão. Marie van Loos o atraíra com esse sinal e esperava por ele. Devia ter dominado sua curiosidade.

— Bom dia. Que aparência é esta com esse cabelo?
— Costumo cortar o cabelo na primavera.
— No ano passado eu o cortei para você. Agora não precisou mais de mim para isso?
— Não estou com disposição para brigar.
— Não?
— Não. Além disso você não devia ficar aqui sacudindo árvores para que o mundo inteiro a veja. — E você não devia fazer gracinhas tolas.
— Em seu caso eu preferia abanar com o ramo de oliveira.
— Foi você mesmo quem cortou o cabelo?
— Não, Olga o cortou para mim.

Olga, que seria um dia esposa de Frederik Mack, lhe havia cortado o cabelo! Isto ele não guardaria em segredo, ao contrário — ele divulgaria bastante.

— Olga — diz você?
— Certo. Por que? O pai dela não o sabe cortar.
— Você ainda fará tantas que tudo estará terminado entre nós.
— Talvez fosse melhor.
— Que diz você?
— Que digo? Que a primavera parece ter deixado você completamente maluca, nada mais. Olhe para mim, vê-se em mim algum sinal da primavera?
— Você é homem — respondeu ela. — Mas este namorico com Olga não me agrada.
— É verdade que o pastor é rico? — perguntou ele repentinamente.

Marie van Loos passou as mãos sobre os olhos e imediatamente ficou de novo sóbria e corajosa.

— Rico? Parece que é pobre como um rato de Igreja.

Rolandsen sepultou de novo outra esperança.

— Você devia ver a roupa do pastor, e então a da mulher! Ela tem umas combinações... Mas como ele é difícil encontrar outro. Já o ouviu alguma vez?

— Não.

— Um dos melhores oradores que conheço — disse Marie van Loos em seu dialeto.

— Você tem certeza de que ele não é rico?

— Pelo menos compra à credito no armazém.

Por um momento, o mundo escureceu em volta de Rolandsen e ele quis se retirar.

— Você não fica mais um pouco?

— Não. Afinal, que queria você de mim?

— Que queria de você? — Sua língua ferina estava meio domada pelos sermões do novo pastor e fizera esforço para exercitar-se na docilidade. Mas agora sua velha natureza rompia de novo.

— Só queria dizer que você está abusando.

— Está bem.

— E que você me faz muita injustiça.

— Também pode ser — concordou ele.

— E que não agüento mais e vou terminar tudo com você.

Novamente Rolandsen ficou pensativo durante alguns minutos. Depois disse:

— No começo pensei que o que havia entre nós era duradouro. De outro lado — não sou Deus, não posso mudar. Faça o que quiser!

— Está bem! — respondeu ela com veemência.

— Na primeira vez aqui no bosque isto não lhe era assim indiferente. Dava gritinhos de alegria quando beijei você.

— Não dei gritinhos — protestou ela.

— E eu a amava de coração e pensei que você fosse moça fina e algo de especial. Juro que pensei.

— Não precisa quebrar sua cabeça por minha causa — respondeu ela exasperada — mas que será de você?

— De mim? Não sei, nem me interessa.

— Você não está iludido quanto à Olga? Acha que dará certo? Dizem que Frederik Mack quer casar-se com ela.

Vejam só, pensou Rolandsen, todo mundo já sabe. Profundamente pensativo foi descendo pelo caminho rumo à estrada. Marie van Loos o seguiu.

— O cabelo curto lhe fica bem. Mas está mal cortado. Completamente desigual.

— Você não me pode emprestar trezentos táleres?

— Trezentos táleres?

— Sim, por seis meses.

— Mesmo que eu pudesse, não emprestaria. Não está tudo terminado entre nós?

Ele assentiu com a cabeça:

— Que seja!

Mas quando chegaram ao portão da paróquia, de onde Rolandsen devia voltar ela disse:

— Infelizmente não lhe posso dar trezentos táleres. — Deu-lhe a mão. — Passe bem, por enquanto, não tenho coragem de ficar por mais tempo aqui. — Depois de alguns passos ela se voltou mais uma vez.

— Você não tem mais nada para eu bordar o seu nome?

— Não sei. Não comprei nada de novo.

Ela se foi. Rolandsen sentiu-se aliviado e pensou: tomara que tenha sido a última vez.

Numa estaca estava o aviso do comerciante Mack. Rolandsen leu: quatrocentos táleres pela descoberta do roubo. Também o autor receberá o prêmio, caso se apresente.

Quatrocentos táleres, pensou Rolandsen.

Capítulo V

Não, o novo pastor não era rico, ao contrário. A jovem e lastimável esposa estava habituada, sendo filha de casa rica, a uma vida sem preocupações e por isso precisava de muitos empregados. Não tinha nada para fazer e nunca aprendera a dirigir uma casa, e sua cabeça vivia cheia de criancices. Era verdadeiramente uma doce e pequena cruz a carregar.

Céus, como o pastor lutara infatigável com sua mulher para lhe ensinar um pouco de ordem e circunspecção. Durante quatro anos, esforçara-se desveladamente. Levantava cordões e papéis do chão, cuidava para repor tudo em seu devido lugar, fechava as portas atrás dela, zelava pelos aquecedores e fechava as portinholas. Quando a esposa saía, andava de quarto em quarto para ver o estado em que ela os deixara: ali estavam jogados grampos de cabelo, lenços, pentes, e as cadeiras cobertas de roupa. Isto o entristecia e ele punha tudo em ordem. No pequeno quarto mobiliado de sua vida de solteiro se sentia mais em casa que agora.

No princípio, seus pedidos e repreensões tiveram algum êxito. A mulher lhe dava razão e prometia emendar-se. Levantava-se no dia seguinte mais cedo e virava tudo de pernas para o ar; a criança fora advertida para ser mais sensata e adulta, e agora demonstrava um entusiasmo exagerado que no entanto logo esmorecia. E poucos dias depois voltava à velha confusão. Ela no entanto não se admirava com a desordem, somente ficava espantada quando seu marido recomeçava com suas críticas eternas.

— A tigela caiu-me da mão e quebrou — dizia ela — mas não era cara.

— Sim, e os cacos ainda estão no chão, no mesmo lugar, desde hoje de manhã.

Um dia a esposa veio participar que a empregada Oline devia ser despedida. Esta queixara-se de que a senhora do pastor carregava uma infinidade de coisas da cozinha e as deixava onde quer que as tivesse usado.

Isto tudo aborrecia o pastor e com o tempo ficou cansado de a recriminar constantemente. Ele mesmo se ocupava da ordem na casa e arrumava, de lábios cerrados e com o menor número de palavras possíveis, as centenas de coisas que ela deixava abandonadas. Sua mulher não se manifestava, estava habituada com alguém arrumando sempre as coisas para ela.

Às vezes o marido achava que, afinal, ela era digna de pena. Magra e mal vestida, sempre gentil, nunca se lastimava de sua pobreza apesar de, antigamente, estar habituada à boa vida. Ei-la sentada a costurar, reformando seus vestidos e, ao fazer, cantarolava alegre como uma jovem mocinha. Mas repentinamente a criança nela predominava de novo, e jogava sua costura de lado, deixava tudo como estava e ia passear. Os vestidos desmanchados ficavam dias sobre mesas e cadeiras. Para onde ia? Desde o tempo de solteira tinha, por hábito, percorrer as lojas e lhe dava prazer fazer uma compra qualquer. Sempre encontrava emprego para algum pedaço de fazenda, um resto de fita, pentes de toda espécie, água de cheiro, pasta de dentes, recipientes metálicos para fósforos ou um apitozinho para soprar. Seria melhor ela comprar, de uma vez, um pedaço grande de pano, pensava o pastor, mesmo que fosse caro e o deixasse endividado. Eu poderia tentar escrever uma pequena história de igreja para o povo e pagar a dívida com o lucro.

E os anos se passavam. Muitas vezes havia rusgas, mas o casal se amava assim mesmo, e quando o pastor não se intrometia amiúde, tudo ia até muito bem. Infelizmente tinha o mau costume de ter seus olhos por toda parte, mesmo quando estava no gabinete de trabalho.. Ontem verificara os acolchoados pendurados lá fora no jardim, quando começava a chover. Valia a pena brigar por isso? pensava ele. Repentinamente viu a mulher chegar em casa, estivera na aldeia e voltava agora apressada por causa da chuva. Ela com toda certeza não vai recolher os acolchoados! pensou. Certo, ela subiu correndo diretamente para o quarto. O pastor gritou à cozinha, mas nenhuma das empregadas estava e ele ouvia a governanta remexer no depósito de leite. Então saiu e apanhou as cobertas.

Com isto o assunto poderia ter sido encerrado. Mas o pastor, eterno crítico, não conseguia calar-se. À noite sua mulher deu por falta das cobertas. Foram apanhadas.

— Mas estão todas molhadas — disse ela.

— Estariam ainda mais molhadas se eu não as tivesse guardado.

Imediatamente a mulher mudou de atitude:

— Você mesmo as apanhou lá fora? Isto você não precisava ter feito; eu falaria com as empregadas.

O pastor sorriu com amargura:

— Então ainda estariam lá fora neste momento. A mulher se ofendeu:

— Por causa de uns pingos de chuva, você não precisa fazer tanto alarde. Mas, já está assim há dias. Tudo você tem que criticar!

— Desejava que não fosse preciso — respondeu o pastor. Ou você acha que lugar da bacia é na cama?

— Tive que deixá-la ali porque não sabia onde colocá-la.

— Se você tivesse penteadeira, também esta estaria coberta de bugigangas.

A mulher então perdeu a paciência:

— Meu Deus, como você é sempre injusto comigo. Você deve estar doente. Ah, já não suporto mais.

E deixava-se cair numa cadeira e ficava com o olhar fixo à frente. Mas não durava. Um momento mais tarde tudo estava esquecido, seu coração bom perdoava e sua natureza leve e feliz predominava.

O pastor, porém, recolhia-se com mais freqüência ao gabinete onde a desordem da casa não se fazia sentir. Ele era rijo e persistente, trabalhava como um mouro. Aos sacristães tinha indagado sobre a vida dos componentes da comunidade e o que veio a saber era tudo menos agradável. Passou a escrever, ora para um ora para outro da comunidade, cartas ameaçadoras de advertência. Quando isto não adiantava, ele mesmo ia procurar o pecador. Aos poucos se tornou um homem temido, pois não poupava ninguém. Assim, por exemplo, soubera que um dos seus ajudantes, chamado Levion, tinha uma irmã que imprudentemente procurava agradar aos rapazes pescadores; também a ela escreveu. Depois mandou chamar o irmão e entregou a carta com a seguinte mensagem: — Diga-lhe que ficarei vigilante...

Um dia, veio o comerciante Mack e foi levado, pelo pastor, ao gabinete. Visita curta, mas significativa. Mack desejava oferecer ajuda ao pastor, caso ele soubesse de alguém passando necessidade. O pastor agradeceu e alegrou-se de todo o coração. Se já não o tivesse sabido antes, agora teria certeza de que Mack de Rosengaard protegia a todos. O velho senhor era tão distinto e poderoso; até à mulher do pastor, que afinal vinha da cidade, ele impressionou. Era um grande homem e as pedras, que usava no alfinete da camisa, eram por certo verdadeiras.

— Com os pescadores tudo vai bem disse Mack. Fiz outra pesca. Bem, nada de importante, apenas umas vinte toneladas, mas sempre uma ajuda. E por isso pensei não esquecer das obrigações para com os outros.

— Isto é certo! — concordou o pastor. Assim devia ser sempre! Mas, vinte toneladas é pesca pequena? Sou tão ignorante neste assunto.

— Bem, duas ou três mil toneladas seria melhor.

— Duas a três mil? — interfere a mulher. Isto é incrível.

— Mas, o que não pesco, compro dos outros — continuou Mack. Ontem uma tripulação fez boa pesca, lá nos recifes; logo comprei. Quero carregar minhas embarcações todas com sardinhas.

— O senhor tem uma grande empresa.

Mack concordou. Propriamente era empresa herdada, mas ele a ampliara e instalara mais estabelecimentos. Tudo isto fazia para os filhos.

— Cruzes! Quantos estabelecimentos, fábricas e lojas o senhor então deve ter? — perguntou a mulher do pastor, entusiasmada.

Mack riu:

— De fato não sei de cor, prezada senhora, teria de contá-las.

Durante esta palestra Mack esqueceu, por algum tempo, as preocupações e desgostos, pois lhe agradava ser interpelado sobre negócios.

— Eu desejava morar perto de sua grande padaria em Rosengaard — disse a mulher e pensou, ao dizê-lo, em sua casa. Não conseguimos assar um bom pão.

— Mas na chácara do magistrado há padeiro.

— Sim, mas raras vezes tem pão.

— Infelizmente ele bebe muito, disse o pastor; até já lhe escrevi uma carta.

Por um momento Mack ficou calado.

— Então abrirei, aqui na filial, uma padaria.

Ele era todo poderoso, fazia o que queria. Uma palavra sua e já havia padaria na aldeia.

— Não! Verdade? — exclamou a mulher com olhos espantados.

— A senhora terá pão aqui, minha senhora. Vou telegrafar pedindo operários. Não demorará, apenas algumas semanas.

O pastor nada disse. Será que a governanta, com auxílio das empregadas, não conseguia assar um pão decente? Era preciso mais dinheiro?

— Ainda quero agradecer o crédito aberto para mim, em sua loja — disse o pastor.

— Sim — disse também a mulher.

— Mas, isto é natural, replicou Mack — está tudo à sua disposição.

— Não é muito cansativo ter tamanho poder? — perguntou a mulher.

— Assim, tão grande, meu poder não é. Por exemplo, não sou capaz de descobrir um ladrão.

— Esta história é verdadeiramente incrível — exclamou o pastor o senhor promete até ao ladrão a mais alta recompensa, uma verdadeira fortuna e ele não se apresenta.

Mack sacudiu a cabeça.

— É das mais negras ingratidões, roubar justamente do senhor — disse a mulher.

Mack concordou.

— Já que a senhora falou confesso que eu também não esperava por isso. Certamente não. Não sei se o mereci da minha gente.

— Sim, mas só se rouba onde há algo para ser roubado — observou o pastor. O ladrão sabia perfeitamente onde devia ir.

O pastor, com ingenuidade, acertara o alvo. Mack se sentia cada vez mais à vontade. Se o assunto fosse encarado do ponto de vista do pastor a vergonha já não pesava tanto.

— Mas o comentário do povo prejudica meu nome e me dá pesar. Há agora tantos estranhos aqui que espalham tudo. E minha filha Elise se preocupa. Bem — disse, ao levantar-se — isso passa. Então, como já falei, senhor pastor, se souber de algum caso de penúria na comunidade peço gentilmente que me avise.

Mack saiu. Recebera a melhor das impressões do pastor e da mulher e os recomendaria a todos. Isto por certo não os prejudicaria. Ou será que sim? Teria o mexerico do povo já provocado algum desastre? Ontem seu filho Frederik lhe contara que um pescador bêbado gritava de seu barco:

— Você já se apresentou para receber a recompensa?

Capítulo VI

Os dias se tornavam mais quentes; as sardinhas pescadas tinham que ficar nas redes, dentro d'água, para não se estragarem e só podiam ser retiradas em dias de chuvas ou nas noites mais frescas. Também os peixes estavam desaparecendo, o ano já estava adiantado e muitas tripulações partiram. Nas casas já se começava a preparar terras para cultura, o que exigia o auxílio de todos os homens.

As noites eram claras e cheias de sol. Um tempo apropriado para passeios e sonhos. À noite os jovens andavam pelas ruas, cantando e batendo o ar com ramos de salgueiro.

E, de todas as ilhas e recifes, ouviam-se gritos dos pássaros marinhos, das gaivotas e dos eiders. A foca expunha a cabeça molhada fora d'água, olhava em sua volta e mergulhava de novo para seu mundo.

Também Ove Rolandsen sonhava a seu modo. Era quase inacreditável para um homem de sua idade mas, de vez em quando, o escutavam, à noite, tocar guitarra e cantar no quarto. Ele não o fazia porque transbordava de alegria de viver; ao contrário, fazia-o para se distrair e fugir de seus pensamentos. Encontrava-se em situação difícil e quebrava a cabeça em busca de uma saída. Maria van Loos naturalmente voltara; ela não encarava o amor com leviandade e mantinha, com persistência, o noivado de pé. De outro lado, Ove Rolandsen não era Deus, não conseguia controlar o próprio coração que, na primavera, lhe fugia. Era amargo ter uma noiva que não compreendia um rompimento claro.

Rolandsen estivera, de novo em casa do sacristão e encontrara Olga sentada na porta em frente à casa. A tonelada da sardinha estava a *150 schillings* e isto proporcionava tempos fartos. Entrava muito dinheiro para a população e Olga, pela mesma razão, parecia ter crescido de valor. Por que mal levantava os olhos e continuava logo a fazer tricô? Seria Rolandsen um homem a quem se renunciasse com facilidade?

— A senhorita agora mesmo levantou os olhos. Seus olhos pareciam flechas que me feriram.

— Não compreendo.

— Ah! Pensa que eu me compreendo? Perdi os sentidos. Aqui estou eu facilitando para depois ficar mais transtornado durante a noite que se aproxima.

— Então pode ir.

— Esta noite ouvi uma voz que vinha do meu âmago. Indescritível! Em suma, resolvi tomar uma decisão séria, caso a senhorita acredita poder aconselhar-me.

— Eu? Que teria a ver com isso?

— Ah! A senhorita está hoje bem cruel. Está espalhando castigo ao redor. Além do mais, dentro de pouco tempo não vai conseguir dominar seu cabelo, de tão grosso que está.

Olga ficou silenciosa.

— Sabe que eu poderia ter a filha de Börre, o manejador de pedais do órgão?

Olga levantou os olhos e caiu na gargalhada.

— Não devia zombar. Isto só me faz ficar mais enamorado.

— O senhor é louco — disse Olga baixinho e enrubesceu.

— Às vezes penso: "Talvez ela se ria de mim para me enlouquecer ainda mais". É costume dar-se uma picada na cabeça dos patos e gansos antes de matá-los porque assim incham e ficam mais gostosos.

Ofendida, Olga respondeu:

— Isto eu não faço, não fique imaginando coisas. Levantou-se e ameaçou entrar.

— Se a senhorita entrar eu aproveito para perguntar a seu pai se já leu os livros.

— Papai não está em casa.

— Bem, eu também nem queria falar com ele.

Mas, Olga, porque está hoje tão cruel e inacessível? Não consigo de você obter uma palavra gentil e simplesmente age como se eu não existisse.

Olga riu de novo.

— Pois Börre tem uma filha — disse Rolandsen. — Ela se chama Pernille, seu pai maneja os pedais do órgão na igreja.

— O senhor precisa de uma namorada em cada dedo?

— Minha noiva é Marie van Loos, respondeu ele, mas nós terminamos o noivado. A senhorita pode perguntar-lhe. Ela certamente vai partir dentro de pouco tempo.

— Sim mamãe, eu já vou — gritou Olga pela janela.

— Sua mãe não a chamou, apenas olhou.

— Sim, mas eu sei o que ela quer.

— Ah, bem! Eu também já vou. Veja Olga a senhorita também sabe o que eu quero, mas a mim não responde "Sim, já vou"...

Ela abriu a porta. Certamente não teria mais a impressão de que ele era Rolandsen, o superior, e isto era preciso

71

acertar. Ele tinha necessidade de se dar por vencido? Repentinamente começou a falar da morte e gracejar dela; ele iria morrer e não achava ruim. Só o enterro desejava a seu modo. Ele mesmo construiria um sino para a ocasião; o badalo devia ser o osso da coxa de um burro — porque ele fora tão tolo. E o pastor o devia encomendar com a mais curta oração do mundo; só devia pôr o pé sobre a sepultura e dizer: "Declaro-te morto e liquidado!"

Mas Olga demonstrava tédio e já não era mais tímida como outrora. Até usava uma fita vermelha de seda no pescoço e parecia uma dama; também sumira o alfinete para prender a saia.

Devo apresentar-me em ângulo melhor, pensou Rolandsen.

— Tinha esperanças de que nascesse um entendimento entre nós. Minha ex-noiva da paróquia bordou toda minha roupa com iniciais, ficou uma maravilha — e em tudo que tenho já está escrito Olga Rolandsen. Acho que isto é um sinal do céu. Mas agora devo despedir-me e agradecer-lhe pelo dia de hoje.

Rolandsen agitou o chapéu e foi embora. Com tanta superioridade ele terminava tudo. Seria estranho se ela agora não pensasse um pouco nele. Que teria acontecido? Até a filha da sacristão o rejeitara. Muito bem! Mas, não estaria ela fingindo? Por que então ficava sentada à porta se não para o ver chegar? E por que se enfeitara como uma dama, com aquela fita vermelha de seda?

Mas alguns dias depois, a presunção de Rolandsen devia receber um golpe. Um dia, ao entardecer, estava sentado perto de sua janela e viu Olga entrar na loja de Mack. Ficou até tarde e ao voltar para casa saiu acompanhada por Frederik e Elise. Agora o orgulhoso Rolandsen devia ter, serenamente, cantarolado uma pequena melodia ou tamborilado, indiferente, com os dedos, pensando sobre si mesmo. Mas, em vez disso apanhou seu chapéu e correu para o bosque. Deu uma grande volta e alcançou a estrada antes dos três. Lá parou para recuperar o fôlego. Depois foi ao encontro deles. Mas estes levaram bastante tempo. Rolandsen não os via nem ouvia. Assobiava e cantava como se eles estivessem sentados em alguma parte do bosque e o observassem. Finalmente os viu; para a hora adiantada andavam, vergonhosamente devagar, de maneira alguma apressados em chegar à casa. O grande Rolandsen foi ao encontro deles, com um longo talo de capim na boca e um ramo de salgueiro na lapela. Os cavalheiros trocaram cumprimentos ao se encontrarem e as senhoras acenaram a cabeça.

— O senhor está tão afogueado — disse Frederik onde esteve?

E Rolandsen respondeu por sobre os ombros:

— Isto é da estação do ano, estou anunciando primavera.

Agora nada de tolices! Aparentar a maior segurança! Ah, com que serenidade e indiferença passara por eles, até conseguira examinar Elise dos pés à cabeça. Mal porém desapareceram de sua vista, arrastou-se para o bosque, nada grandioso mas, sim, nervoso e abatido. Não por causa de Olga, esta nada significava para ele. Lembrou-se do broche, tirou-o do bolso, quebrou-o ao meio e o jogou fora. A filha de Mack era alta e morena e quando sorria podia-se ver um pouco seus dentes brancos. Deus a tinha posto em seu caminho. E ela não dissera uma palavra, talvez amanhã já voltasse para casa. E todas as esperanças estavam perdidas.

Na frente do prédio da agência telegráfica, estava Marie van Loos, à espera dele. Já lhe dissera várias vezes que o passado era passado e que seria melhor ela partir. Ela respondera que não era necessário repetir "Adeus!" Mas lá estava ela de novo esperando por ele.

— Trouxe a bolsa para fumo que prometera, caso você goste dela.

— Uma bolsa para fumo? Eu não uso isto.

— Está bem, então deixe — disse ela — retraindo a mão.

Mas, para acalmá-la, ele se controlou e disse:
— Não prometeu esta bolsa para mim, tenho certeza. Talvez fosse para o pastor. Para um homem casado.

Ela não compreendeu que esta pequena brincadeira lhe custara esforço e não se conteve em dizer:
— Vi as senhoras na rua, você correu atrás delas?
— E o que tem a senhora com isto?
— Ove!
— Por que não vai embora? Já devia ter percebido que não adianta mais.
— Adiantaria se você não fosse uma "pérola", sempre perseguindo mulheres.
— A senhora está querendo fazer de mim um palhaço maior? Boa noite.

Marie van Loos gritou atrás dele:
— É encantador tudo que se ouve a respeito de você.

Que falta de generosidade! Não podia ela compreender o verdadeiro desgosto de um amor contrariado? Em suma, Rolandsen subiu, foi ao aparelho de telegrafia e mandou uma mensagem a um colega na repartição de Rosengaard para que este, na primeira oportunidade, lhe enviasse uma barriquinha de conhaque. Esta história interminável não tinha sentido.

Capítulo VII

Desta vez Elise Mack demorou-se mais tempo. Ela somente viera de Rosengaard a fim de tornar confortável a estada do pai na fábrica. Por ela, não teria posto os pés nesta aldeia.

Com o passar dos anos Elise Mack se tornava mais destacada. Usava vestidos vermelhos, brancos e amarelos e começaram a dirigir-se a ela, chamando-a de "prezada senhorita" apesar de não ser filha de pastor nem de médico. Pairava sobre todos como sol ou estrela.

Elise Mack foi ao telégrafo enviar alguns telegramas. Rolandsen só falou o necessário e não cometeu o erro de a cumprimentar com familiaridade ou de perguntar como estava passando. Não fez nenhum erro.

— Aqui está repetida a palavra "aigrette". Deve ficar assim?

— Duas vezes? Posso ver? Deus, é mesmo. O senhor tem razão. Poderia emprestar-me a caneta?

Enquanto tirava a luva e escrevia, esclareceu:

— É para um comerciante da cidade; teria achado muita graça. Agora creio que está certo.

— Sim, está bem.

— E o senhor continua sempre aqui — disse ela e continuou sentada. — Ano após ano eu o encontro sempre.

Rolandsen sabia perfeitamente por que não pedia transferência. Havia algo que o prendia, ano após ano.

— É preciso ficar em algum lugar, respondeu.

— O senhor poderia ir a Rosengaard. Não seria melhor?

Ligeiro rubor espalhou-se em seu rosto; talvez não devia ter dito isso.

— Uma agência tão grande; não conseguirei.

— É, para isso ainda é jovem demais.

Ele sorriu a contragosto:

— Gentileza de sua parte, achar que a razão é esta.

— Se o senhor fosse para lá... há mais gente. O médico mora ao lado, o guarda-livros e todos os funcionários. E sempre aparecem, estranhos barqueiros e outra gente.

"Capitão Henriksen da linha costeira?" — pensou Rolandsen. Por que esta caridade? Ele hoje estava diferente de ontem? Sabia que seu amor tolo não tinha possibilidades, não havia dúvidas. Ao sair, ela estendeu a mão, sem calçar de novo a luva. E quando desceu as escadas, a seda de seu vestido farfalhava.

Rolandsen deixou-se cair na cadeira, em frente à sua mesa, exausto e alquebrado, e despachou os telegramas. Mas

75

em seu peito fermentavam maravilhosos sentimentos. O calor daquela mão, macia como veludo, espalhou-se nele. Se fosse bem analisar, sua situação não era tão lastimável assim; podia ganhar muito dinheiro, com a invenção, se pudesse dispor de trezentos táleres. Ele era um milionário em perspectiva. Um dia, havia de achar uma saída.

A mulher do pastor veio passar telegrama para o pai. A visita anterior levantara o ânimo de Rolandsen; não mais se sentia inútil, e julgava-se no mesmo nível dos cavalheiros. Palestrou um pouco com a senhora, disse algumas palavras amáveis. Também ela demorou mais tempo que o necessário e o convidou para aparecer na paróquia.

Ao entardecer, encontrou-a de novo na rua, em frente à agência telegráfica. Ela parou e palestrou com ele. Com certeza achava esta atitude correta, pois do contrário não teria parado.

— O senhor toca guitarra, não é?

— Sim, se a senhora quisesse esperar um instante eu lhe mostraria o que sei e entrou para apanhar a guitarra.

A mulher do pastor esperou. Também nisto, ela nada acha de censurável, pois do contrário não teria esperado.

Rolandsen cantou a amada e seu admirador; as canções não tinham nada de extraordinário, mas ele possuía uma voz forte e bonita.

Rolandsen tinha certas intenções ao fazer a senhora do pastor parar em meio da rua, pois era possível que mais alguém passasse por ali na mesma hora. Isto já acontecera. Mas se a senhora estivesse com pressa, ela agora estaria em maus lençóis, pois ficou longo tempo e, ainda, continuaram a conversar. Ele não falava a ela como o marido, o pastor; sua voz soava como se viesse de uma outra região do mundo, e quando ele deixava jorrar suas belas frases, os olhos dela se arredondavam como os de uma criança atenta.

— Sim, sim, que Deus esteja com o senhor — disse ao se despedir.

— Ele está.

— O senhor tem tanta certeza disso? — espantou-se ela.

— Como assim?

— Ele tem motivos para estar. Na verdade, ele é o Deus de todas as criaturas, mas, nisto, não há nada de extraordinário em ser Deus e Senhor dos animais e das montanhas. Só nós, homens, é que realmente fazemos Dele o que Ele é. Por que, então, não estaria conosco?

Depois deste maravilhoso discurso, Rolandsen parecia satisfeito. A mulher teve ciúmes pensando nele no caminho. Ah, não era à toa que com a bolinha que trazia nos ombros fizera uma grande invenção.

O conhaque chegara. Rolandsen transportara, pessoalmente, a barriquinha do barco para casa. Não deu nenhuma volta com sua carga, carregando-a em pleno dia embaixo do braço. Tão corajoso era seu coração. E veio um tempo que compensou Rolandsen por todos os aborrecimentos. Havia noites em que se impunha e era rei por todos os caminhos; ele os desimpedia, tornando-os intransitáveis para os pescadores estranhos, que se julgavam no direito de perseguir as moças.

No domingo, uma tripulação inteira foi à igreja e todos estavam um tanto bêbados. Depois da missa, ficaram rondando as ruas não voltando a bordo. Carregavam aguardente consigo e bebiam, tornando-se cada vez mais alegres. Aborreciam os transeuntes. O pastor esteve na rua, conversou com eles, mas não conseguiu nada. Mais tarde veio o juiz que, para aquela ocasião, usava o gorro especial e o cordão de ouro. Alguns resolveram voltar a bordo, porém três, e entre eles o comprido Ulrik, não quiseram abandonar o campo. "Haviam de perceber que estavam em terra — gritavam — e as raparigas lhes pertenciam. Ulrik estava entre eles. Não conheciam sua reputação, desde os Lofotes até a Finlândia? Venham cá!"

Alguns rapazes da comunidade apareceram, ficaram no caminho ou se deitaram embaixo das árvores, de acordo com as disposições para briga, e observavam com interesse o comprido Ulrik que tanto se pavoneava.

— Peço novamente que voltem para o navio — insistiu o juiz. — Do contrário me vejo forçado a tomar outras providências.

— Volte para casa com toda sua roupa! — respondeu Ulrik.

O juiz ficou pensando se deveria chamar alguns homens para prender aquele maluco.

— Tenha cuidado em oferecer resistência! Estou com o gorro de serviço.

Ulrik e seus companheiros berraram tanto que se sentiram mal e tiveram que segurar a barriga. Um rapaz mais audacioso que se atreveu a chegar perto levou uma pancada na cabeça e ficou em mau estado.

— Agora o próximo! — disse Ulrik.

— Uma corda! — gritou o juiz quando viu o sangue. — Apanhem uma corda! Ele deve ser preso.

— Quantos são vocês? — desafiou Ulrik. E os três riam às gargalhadas.

Rolandsen vinha pela rua, aproximando-se devagar com um olhar parado. Estava fazendo sua ronda, costumeira pelas ruas. Cumprimentou o magistrado e ficou ao lado dele.

— Aí está Rolandsen! — gritou Ulrik. — Olhem só para ele, pessoal.

— Esse louco — esclareceu o juiz — agora mesmo bateu num, e fez correr sangue. Mas agora vamos prendê-lo com uma corda.

— Uma corda?

— Não admito isto — disse o magistrado, acenando com a cabeça.

— Mas é bobagem. Que quer com a corda? Deixe que eu me entendo com ele.

Ulrik aproximou-se, cumprimentou desconfiado e lhe deu um empurrão. Sentiu que tocara em algo duro e pesado, afastou-se mas continuou berrando.

— Bom dia, telegrafista Rolandsen! Dirijo-me a você citando nome e título para saber que é com você.

Por enquanto nada mais aconteceu. Rolandsen não queria perder esta oportunidade para brigar, mas se irritou por não conseguir ficar com raiva e não ter reagido logo ao primeiro empurrão. Assim, tinha que dar primeiro uma resposta para fazer a coisa se desenrolar. Disseram bobagens um ao outro, como fazem os bêbados, e ambos se vangloriavam bastante.

Quando um dizia: "Venha cá que lhe passo um sabão", o outro respondia: "venha você, dou-lhe uma pancada que o achatará tanto até caber num envelope".

E a multidão achava que os dois lados conversavam muito bem. Mas o magistrado notou que raiva e satisfação cresciam sempre mais no telegrafista e que sorria ao falar.

Repentinamente, Ulrik lhe deu um soco no nariz, e foi o suficiente para Rolandsen se entusiasmar. Atirou-se contra o pescador e conseguiu pegar-lhe o paletó na mão e, afinal de contas, não adiantava descarregar sua raiva sobre ele. Deu alguns pulos, arreganhou os dentes ao sorrir. E então começou.

Quando Ulrik tentou dar-lhe um soco na cabeça, Rolandsen, imediatamente, descobriu a maneira de lutar de seu adversário. Rolandsen era mestre em outra tática: um golpe duro, com a mão aberta contra o lado do queixo. Isto provoca um tremendo abalo na cabeça; tudo gira em volta da pessoa e ela vai ao chão. No entanto, nada se quebra e não corre sangue — só um pouco do nariz e da boca, e fica deitada imóvel, por espaço bem longo.

Assim foi atingido Ulrik. Cambaleou sobre toda a largura da rua. Suas pernas cederam e dobraram-se como as de um morto e a cabeça girava. Rolandsen dominava bem os termos dos brigões.

— Agora, o seguinte! — desafiou e parecia sentir-se muito bem; nem sequer notou que a camisa estava rasgada.

Mas os outros companheiros de Ulrik ficaram assombrados e não seguravam mais as barrigas de tanto rir.

— Vocês são uns pixotes! — gritou Rolandsen para eles — querem que também ponha fraldas em vocês?

O magistrado recomendou juízo aos moços, pediu que levantassem o companheiro e voltassem com ele para o navio.

— Devo agradecer ao senhor Rolandsen.

Mas quando Rolandsen viu os três pescadores se afastando rua abaixo, tão contra seu desejo, gritou atrás deles:

— "Voltem amanhã à noite! Quebrem uma vidraça da minha janela para avisar-me!"

Como sempre, estava excedendo-se. Conversou e se vangloriou. Mas os expectadores se afastaram. Repentinamente aproximou-se uma senhora de Rolandsen, levantou o olhar brilhante para ele e lhe deu a mão. Era a mulher do pastor. Também ela presenciara a briga.

Viu-o de camisa aberta. O sol deixara um anel moreno em volta do pescoço e mais abaixo via-se sua pele nua e branca.

Ele puxou a camisa e a cumprimentou. Não lhe era desagradável que a senhora do pastor lhe dispensasse atenções, em presença de outros e ficou envaidecido. Achou aconselhável conversar algum tempo com essa criança. Coitada, que sapatos miseráveis calçava e parecia também que não fora distinguida por muitas homenagens.

— Lamento este seu olhar para mim — adiantou ele. Ela enrubesceu.

— A senhora deve sentir falta da cidade.

— Não — respondeu ela — aqui também é bonito. O senhor podia vir comigo e ser nosso hóspede hoje?

Ele disse que não era possível, pois seu trabalho não fazia diferença entre o domingo e a segunda-feira.

Mas, de qualquer maneira, agradecia o convite.

— Há algo que invejo no pastor. É a senhora.

— Como?

— Com todo respeito, não posso mais do que o invejar de ter a senhora como esposa.

Pronto, agora já o dissera. Com certeza seria difícil encontrar outro igual a ele que soubesse proporcionar tanta alegria.

— O senhor é um galanteador — respondeu ela, depois de refeita da surpresa.

No caminho para casa Rolandsen pensou que o dia, em todos os sentidos, fora proveitoso. Em sua embriaguez e sentimentos vitoriosos refletiu que a jovem mulher do pastor lhe dispensava muita atenção e repentinamente lhe veio uma idéia marota: ela bem poderia despedir Marie van Loos e assim o livrar daquelas algemas pesadas. Naturalmente não exigiria isso abertamente, mas havia outros meios. Quem sabe ela lhe prestaria esse serviço com agrado, já que eram amigos?

Capítulo VIII

Durante a noite, o pastor e a mulher foram acordados por um canto. Jamais acontecera antes. O canto vinha do quintal. O sol estava sobre a terra; as gaivotas tinham acordado, eram três horas.

— Creio ouvir um canto — gritou o pastor para sua mulher.
— Sim, embaixo de minha janela.

Ela escutou. Reconheceu a voz de Rolandsen e ouviu sua guitarra. Já era insolência demais, cantar justamente sob sua janela canções de amor. A senhora ficou nervosa.

O pastor entrou e olhou pela janela.

— É Rolandsen — disse franzindo a testa. Ele recentemente recebeu uma barriquinha de conhaque. Esse homem é um escândalo.

Mas a mulher não queria levar a sério o incidente. Esse maravilhoso telegrafista sabia brigar como um estivador e cantar como um abençoado por Deus; trazia alguma variação para estas vidas tranqüilas de destinos pequenos.

— Com certeza é uma serenata — insinuou ela rindo.
— Mas não deve ser para você — respondeu o pastor. Ou... que pensa você?

Sempre tinha que se exaltar por qualquer coisa!

— Ora, não tem importância. Talvez seja uma brincadeira.

Mas a boa senhora pensou em não mais dar tantas atenções a Rolandsen, uma vez que elas o impeliam a praticar tolices daquela espécie.

— Está começando outra canção! — exaltou-se o pastor.

Sem esperar mais, e assim como estava, chegou à janela e bateu na vidraça. Rolandsen levantou os olhos. Lá estava o pastor, o pastor em pessoa! O canto parou. Rolandsen parecia encabulado, hesitou alguns instantes e depois se retirou.

— Amanhã mandarei uma carta.

— Não seria melhor eu lhe dizer que não desejamos canto noturno?

Sem dar ouvidos à sugestão de sua mulher o pastor continuou:

— Depois da carta vou procurá-lo!

Exclamou com tanta ênfase como se fosse acontecer Deus sabe o que, se procurasse Rolandsen.

Voltou para o quarto, deitou-se de novo e meditou. Não pouparia mais aquele palhaço leviano, cheio de rompantes e que punha a comunidade em confusão com sua vida dissoluta. Para ele não havia diferença, escrevia a todos sem distinção da pessoa. Sabia como impor respeito e havia de ensinar à comunidade. Continuava preocupado com a irmã de Levion. Ela não se emendara e o pastor, por isso, não queria mais o mano como acólito. Além disso, ainda acontecera outra história horripilante. Levion recebera o golpe da morte da esposa e, quando ia enterrá-la, lembrou-se que prometera uma vitela abatida para Mack. Os dias já não estavam muito frescos e assim levou logo a vitela consigo porque a carne poderia estragar; afinal, o caminho era o mesmo. O pastor veio a saber do acontecido através de Enok, aquele humilde homem com mal de ouvido, e logo após o enterro mandou chamar Levion.

— Não posso tê-lo por mais tempo como sacristão. Há imoralidade em sua casa. Você dorme à noite, enquanto um homem visita sua irmã para pecarem.

— Infelizmente — disse o ajudante — às vezes não há outro jeito.

— E mais uma coisa: Você carrega sua mulher para a sepultura e leva ao mesmo tempo uma vitela abatida. Não é uma vergonha?

O pescador e camponês olhou para o pastor sem entender e achou que ele estava sendo injusto. Sua mulher fora uma criatura trabalhadora, ela teria sido a primeira a aconselhar carregasse também a vitela. Era o mesmo caminho, teria dito.

— Se o senhor pastor é tão exigente, será difícil encontrar um bom ajudante — respondeu Levion.

— O problema é meu, você está despedido.

Levion ficou de olhos baixos. Na verdade era uma vergonha o que estava acontecendo e os vizinhos iam se divertir.

— Pelo amor de Deus — disse o pastor exaltado você não pode fazer esse homem se casar com sua irmã?

— O senhor pastor pensa que já não tentei? Mas ela não sabe ao certo quem ele é.

O pastor ficou de boca aberta:

— Como? Ela não sabe...? E quando finalmente compreendeu pôs as mãos na cabeça. Depois só acenou ligeiramente e falou:

— Como já disse, vou procurar outro sacristão.

— Quem?

— Não é da sua conta. Provavelmente será Enok.

O camponês ficou pensativo. Conhecia o homem e ainda tinha contas a ajustar com ele.

— Ah, Enok! — nada mais disse e partiu.

Enok era bem a pessoa para o cargo. Homem de coração humilde, não andava de cabeça erguida; ao contrário, sempre a conservava abaixada. Meditava muito. Diziam que era mau colega. Há alguns anos foi apanhado quando levantava as linhas de pesca dos outros. Mas naturalmente devia ser inveja e calúnia. Não tinha boa aparência, e aque-

83

le pano na cabeça o desfigurava. Além disso, tinha por hábito, quando encontrava alguém no caminho, apertar primeiro uma e depois outra narina, assoando o nariz. Mas Deus com certeza, não repara nestas coisas, e esse humilde servo só desejava apresentar-se aos outros de nariz limpo. Quando chegava dizia — "Paz!" e quando saía dizia: — "Fiquem em paz!" Fazia tudo bem pensado. Mesmo o facão que trazia à cintura ele carregava com satisfação como se dissesse: — Infelizmente há muita gente que não tem uma faca para cortar.

No último dia de peditório, Enok chamara atenção com sua esmola. Colocara uma nota no altar. Teria ganho tanto dinheiro ultimamente? Com certeza algum poder mais alto propiciava esses cruzeiros; os peixes pendurados para secar ainda não haviam sido tocados e sua família já andava bem vestida. E Enok zelava pela disciplina em casa. Tinha um filho que era exemplo de docilidade e bom comportamento. O rapaz pescara nos Lofotes e por isso poderia voltar para casa com uma âncora tatuada na mão; mas, não o fez. O pai lhe ensinara, desde cedo, a ser humilde e temente a Deus. Havia tanta felicidade abençoada em andar silencioso e cabisbaixo, achava Enok...

Enquanto o pastor estava deitado e pensando assim, amanheceu. Rolandsen lhe estragara a noite. Levantou-se, portanto, às seis horas e descobriu que sua mulher, silenciosamente, já se vestira e havia saído.

No decorrer da manhã, ela foi procurar o telegrafista Rolandsen:

— O senhor não deve mais cantar, à noite, lá em casa.

— Reconheço que não me comportei bem. Pensei que Marie van Loos dormisse naquele quarto.

— Então cantou para ela?

— Sim, uma pequena e simples canção das horas matinais.

— Lá está meu quarto.

— Na época do antigo pastor a governanta dormia lá.

A mulher não respondeu. Seus olhos se haviam turvado.

— Bem — disse ao sair — foi agradável ouvi-lo, mas o senhor não deve repetir.

— Eu prometo. Se adivinhasse... naturalmente não teria audácia...

Rolandsen parecia querer sumir dentro da terra. Chegando em casa, a senhora do pastor comentou: — Estou cansada, hoje.

— Ora, que milagre! Você não pôde dormir por causa daquele berrador.

— Acho melhor despedir a governanta — disse a senhora.

— A governanta?

— Sim, ela é a noiva dele. E não vamos ter sossego enquanto ela estiver aqui.

— Ele hoje vai receber uma carta minha.

— O mais simples seria despedir a governanta.

O pastor pensou. De modo algum seria a solução mais simples, pois acarretaria despesas inúteis, para procurar nova governanta. Além disso, Marie van Loos era competente; sem ela, tudo corria mal. Lembrou-se como fora, em princípio de seu casamento, quando sua mulher dirigia a casa, nunca o esqueceria.

— E por quem você a quer substituir?

— Posso muito bem fazer o trabalho dela.

— Isto é que seria o certo — riu o pastor com amargura.

Ofendida e magoada, a mulher o interrompeu. — Nestes últimos tempos, também tive de ajudar na direção da casa. Sem a governanta não vou ter mais serviço.

O pastor silenciou. Não adiantava brigar por tão pouco.

— A governanta tem de ficar.

Mas sua mulher continuava sentada e calçava uns sapatos que eram uma lástima e antes de sair ele disse:

— Antes de mais nada, precisamos comprar um par de sapatos para você.

— Ora, estamos no verão.

Capítulo IX

Os últimos barcos estavam prontos para fazer-se ao mar. A época de pesca estava terminada. Mas, o mar permanecia rico em sardinhas, principalmente ao longo da costa e por isso os preços caíram. O comerciante Mack comprara tantas sardinhas quantas pudera obter e ninguém podia dizer que ele estava atrasado com os pagamentos. Só à última tripulação pedira que esperasse. Passaria um telegrama para Bergen a fim de lhe enviarem dinheiro. E o povo começou de novo a murmurar: — Ah, ele está em aperto!

Mack continuava poderoso como antes. Além de seus diversos negócios, prometera uma padaria à mulher do pastor. Os operários vieram, os alicerces estavam terminados e os trabalhos deviam continuar. A mulher do pastor se divertia em ver como se faziam os alicerces da padaria.

Mas o padeiro da chácara do magistrado começou a esforçar-se. O que a carta do pastor não conseguira, foi alcançado pelas obras de Mack. "Se quisessem pão, pão teriam" — disse o padeiro. Mas todos sabiam que o pobre homem se esforçava inutilmente, pois logo seria esmagado por Mack.

Rolandsen estava sentado em seu quarto e preparava um estranho aviso que assinou. Leu-o várias vezes, achou que estava em ordem. Depois colocou-o no bolso, apanhou o chapéu e foi pela rua até o escritório da fábrica de Mack.

Rolandsen contava com a saída de Marie van Loos como coisa certa; mas esta não partira, pois a mulher do pastor não a despedira. Rolandsen se enganara, esperando que a mulher do pastor lhe prestasse esse serviço. Seu raciocínio venceu e pensou: "Vamos encarar a realidade, não enganamos ninguém".

Rolandsen recebeu, nesta época, uma carta séria e recriminadora do pastor. Não fez segredo dela e contou o que lhe acontecera, a quem quisesse ouvi-lo. Dizia que merecera a carta e que lhe fizera bem; desde sua primeira comunhão nenhum pastor se interessara por ele. Sim, achava que o pastor devia escrever ainda muitas cartas, alegrando e animando os outros.

Mas ninguém achou Rolandsen especialmente alegre; ao contrário, meditava mais do que nunca e parecia debater-se com seus pensamentos. Devo ou não devo fazê-lo, murmurava às vezes. Quando sua ex-noiva Marie van Loos o cercara, hoje de manhã, e lhe passara um sermão por causa da serenata na casa paroquial, a despedira com palavras significativas: *Vou fazer.*

Rolandsen entrou no escritório de Mack e o cumprimentou. Estava completamente sóbrio. Pai e filho estavam cada um ao lado da mesa de trabalho e escreviam. O velho Mack lhe ofereceu uma cadeira mas Rolandsen não se sentou.

— Só queria participar que fui eu quem cometeu o roubo.

Pai e filho o fitaram estarrecidos.

— Não encontro sossego — continuou — e não seria direito calar-me por mais tempo. Basta o fato em si.

— Deixe-nos a sós — disse o velho Mack. Frederik saiu.

— O senhor sabe o que está dizendo? — perguntou Mack.

— Fui eu! — gritou Rolandsen com voz que não servia só para cantar.

Passaram-se alguns instantes. Mack piscou e refletiu. — Então foi o senhor?

— Sim.

Mack refletiu de novo. Sua cabeça esperta já solucionara mais que um problema. Estava acostumado a fazer cálculos rápidos.

— Amanhã, ainda sustentará sua palavra?

— Sim. Não quero esconder meu ato por mais tempo. Recebi uma carta do pastor e desde então estou modificado.

Mack agora daria crédito às palavras do telegrafista?

Ou só concordou formalmente?

— Quando praticou o roubo? — perguntou. Rolandsen o disse.

— E como o fez?
Rolandsen deu explicações detalhadas.
— Junto com o dinheiro havia papéis, o senhor os viu?
— Sim, havia alguns papéis.
— Um deles o senhor levou, onde está?
— Um papel? Não, não levei.
— Era a apólice do meu seguro de vida.
— Ah, sim. Agora me lembro. Infelizmente a queimei.
— Queimou? Não foi nada sensato. Deu-me muito trabalho conseguir outra.
— Estava tão nervoso que não conseguia pensar com clareza. Peço-lhe desculpas por tudo.
— Havia, em outra caixa, alguns milhares de táleres; por que não os levou?
— Não reparei nessa outra caixa.

Mack terminara seu cálculo. Se o telegrafista cometera ou não o roubo, para ele era o melhor ladrão que podia encontrar. Não silenciaria sobre o assunto; ao contrário, queria espalhar tudo aos quatro ventos. A tripulação dos últimos barcos de pesca levaria a novidade, transmitindo-a aos negociantes ao longo da costa. Mack podia dar-se por salvo.

— Até hoje nunca ouvi dizer que o senhor já... quero dizer, que o senhor fizesse estas coisas.
— Não dos pescadores! — respondeu Rolandsen.
Não roubo ninhos pequenos. Prefiro ir logo ao Banco.
Pronto, Mack recebera sua resposta.
— Mas por que justamente eu? — disse ainda suspirando.
— Bebi para ter coragem e descaramento. Infelizmente aconteceu durante a embriaguez.

Não era impossível que a confissão fosse sincera. O telegrafista maluco levava uma vida desregrada e não dispunha de grandes rendimentos; e também o conhaque de Rosengaard custava dinheiro!

— Devo confessar mais alguma coisa — adiantou. Rolandsen — não lhe posso devolver o dinheiro.

Mack fez um ar de indiferença.

— Não tem importância. A mim só incomoda o boato que o senhor provocou a meu respeito e de minha família.

— Tomarei minhas providências.

— Que?

— Tirarei o aviso da cerca da paróquia e o substituirei por outro, por um meu.

Agora se revelava, outra vez, como era irrefletido este homem.

— Não, isto não exijo — disse Mack. — Já será suficientemente desagradável para o senhor. Para mim, basta uma declaração por escrito.

Mack fez um gesto com a cabeça para Frederik.

Enquanto Rolandsen escrevia, Mack pensava. Tudo se acabaria bem. Ia lhe custar alguma coisa, mas não era dinheiro perdido. Seu nome seria conhecido em todo o país.

Mack leu a declaração.

— Sim, é suficiente. Não pretendo fazer uso dela.

— Deixo a seu critério.

— Também ninguém saberá desta entrevista. Fica entre nós.

— Mas eu falarei — disse Rolandsen. — Na carta o pastor diz claramente que devemos confessar.

Mack abriu o cofre à prova de fogo e retirou várias notas. Agora poderia mostrar quem ele era. E com certeza ninguém sabia que, lá embaixo na baía um barco de pesca esperava justamente por esse dinheiro, sem o que não poderia retornar.

Mack contou quatrocentos táleres.

— Não é ofensa, mas eu estou habituado a manter minha palavra. Estes quatrocentos táleres são seus.

Rolandsen foi à porta.

— Mereço seu desprezo!

— Desprezo? — exclamou Mack. Eu quero lhe dizer uma coisa...

— Sua generosidade me envergonha. O senhor não exige castigo para mim, e ainda me recompensa.

89

Mas Mack não se poderia vangloriar da perda de apenas duzentos táleres; precisou dar ao ladrão uma recompensa duas vezes maior para o assunto tomar o brilho certo.

— O senhor é um homem infeliz, Rolandsen disse Mack. Vai perder o emprego. Para mim, este dinheiro não representa prejuízo, mas para o senhor será útil nos tempos difíceis. Leve isto em consideração.

— Não posso fazê-lo.

Então Mack pegou as notas e as colocou no bolso do paletó de Rolandsen.

— Neste caso, considero como empréstimo.

E o cavalheiro comerciante concordou.

— Está bem, um empréstimo!

Mas sabia perfeitamente que nunca mais veria a volta daquela importância.

Rolandsen ficou abatido, como se carregasse a maior carga de sua vida. Era uma tristeza presenciar seu estado.

— Faça tudo para voltar ao caminho certo — disse Mack animando-o. Este erro não precisa ser irrevogável.

Rolandsen agradeceu por tudo com profunda humildade e depois saiu.

— Sou um ladrão! — disse ao passar pelas moças da fábrica, confessando-o também a elas.

Seguiu pelo caminho da paróquia. Arrancou o aviso de Mack e colocou sua declaração. Dizia que ele e ninguém mais, era o ladrão. Amanhã, domingo, muitos devotos passariam ali.

Capítulo X

Parecia que Rolandsen queria de fato melhorar. Depois de toda a comunidade ler a confissão, ele se mantinha afastado de todos e evitava encontrar-se com as pessoas, o que provocou efeito apaziguador. O telegrafista que errara, ao menos não persistia irrefletidamente na corrupção. Na realidade, porém, Rolandsen não tinha mais tempo para vaguear pela rua. Desenvolvia uma atividade infatigável no quarto. Havia uma infinidade de vidrinhos com provas que queria encaixotar e enviar para este e leste. Também o telégrafo estava em atividade desde cedo até tarde. Rolandsen tinha de acertar tudo, antes de ser demitido do cargo.

Também na paróquia souberam da vergonha de Rolandsen e todos lamentaram Marie van Loos ter um noivo dessa espécie. O pastor a levou ao gabinete e lhe falou durante longo tempo com benevolência.

Marie van Loos não podia continuar noiva do telegrafista por mais tempo, devia logo o procurar e terminar tudo.

Encontrou Rolandsen abatido e preocupado, o que não a comoveu.

— Você está fazendo coisas lindas.

— Esperei que viesse, para pedir-lhe clemência.

— Clemência? Ora essa! Quero dizer-lhe uma coisa, Ove, quase morri quando soube daquilo. Não quero ter mais nada com você neste mundo. Afinal de contas eu não sou ladra nem gatuna. Vivo honestamente. E não adverti sempre você? Mas, você não ouvia minhas palavras. Acha que fica bem, para um rapaz comprometido, andar atrás de mulheres, procurando agradá-las? Depois você rouba desta gente e ainda confessa publicamente! Queria sumir de tanta vergonha. Cale a boca, eu o conheço, você é e continuará a ser teimoso. Meu amor foi sincero, mas você agiu como um patife e estragou minha vida com esse roubo. Guarde suas palavras, são inúteis. Graças a Deus, todos sabem como fui enganada e como você abusou de mim. O pastor acha melhor eu partir imediatamente, embora precise muito de meus serviços. Não arranje pretextos, Ove, porque você é pecador perante Deus e o mundo, e, para resumir, um chulo. E se ainda o chamo de Ove, não é por amizade; e não precisa imaginar que desejo fazer as pazes com você. Porque de hoje em diante já não nos conhecemos, e nunca mais na vida direi "você" ao senhor. Sei perfeitamente que ninguém poderia ter feito mais por você, mas você foi leviano comigo e abusou de mim em todas ocasiões. Infelizmente também sou culpada, pois sempre soube quem era você, mas não queria acreditar.

O homem estava paralisado e em estado lastimável. Não podia defender-se. Tão transtornada como hoje nunca a vira. Seu delito a abalara muito. Quando parou de falar, estava completamente extenuada.

— Procurarei emendar-me.

— Você? Emendar-se? — replicou ela rindo com escárnio. Além disso, não adianta mais. Você não pode desmanchar o que fez, e como sou de família honrada não quero sujar-me com você. Digo exatamente como é. Depois de amanhã partirei com o navio correio, mas não quero que vá ao embarque para se despedir. O pastor também pensa assim. Hoje lhe digo adeus para sempre. E obrigada pelas horas boas que vivemos juntos; as más prefiro esquecê-las.

Voltou-se com energia. Depois ainda acrescentou:

— Você pode postar-se, no bosque acima do embarcadouro e dar-me adeus, se quiser, para mim, é indiferente.

— Dê-me a mão!

— Não, você sabe bem o que fez sua direita.

Rolandsen olhou para o chão.

— Não vamos nos corresponder? — perguntou. — Ao menos umas palavras.

— Por nada neste mundo! Não escrevo. Você tantas vezes pintou o diabo dizendo que tudo devia terminar entre nós, todavia sou de novo suficientemente boa. Moro em Bergen na casa de meu pai, caso escreva, mas não estou pedindo que o faça.

Quando Rolandsen subiu a escada do quarto tinha a nítida impressão que não estava mais noivo. Estranho, pensou, tudo se passou num segundo.

Foi um dia cheio de trabalho para ele. Precisava encaixotar as últimas provas e despachá-las daí há dois dias pelo navio correio. Depois, devia preparar-se para a mudança, pois o poderoso inspetor dos telégrafos estava a caminho.

Naturalmente Rolandsen seria incontinenti despedido. De fato, não havia nada contra ele no serviço e o comerciante Mack, que conseguia tudo, com certeza iria intervir em seu favor; mas, a justiça tinha de tomar seu rumo.

Os prados estavam verdes, o bosque frondoso e as noites suaves pairavam benignas sobre a região. A baía estava deserta, pois todas as tripulações haviam partido e também a chalupa de Mack, carregada de sardinhas, velejava para o sul. Era verão.

Como os dias estavam tão bonitos, muitos iam à igreja aos domingos. Formigava gente, por terra e mar. Também barqueiros de Bergen e Hangesund estavam entre eles e ficavam com as canoas perto das rochas, secando bacalhau. Vinham todos os anos e eram velhos conhecidos. Na igreja apareciam com todo aparato, trazendo sobre o blusão de algodão correntes de relógio trançadas de cabelos e alguns até usavam brincos de ouro, animando assim o quadro dos devotos. Mas, também, veio a notícia de um incêndio no bosque, mais perto do golfo, mostrando que o calor não trazia só coisas boas.

* * *

Enok assumira o posto e se tornara auxiliar do pastor. Com seriedade, método e pano na cabeça. A juventude gracejava de seu aspecto, mas os mais velhos se escandalizavam com isso: "a porta do coro estava sendo maculada por um verdadeiro macaco" queixavam-se ao pastor. Enok não podia usar algodão nos ouvidos? Mas Enok respondera ao pastor que não podia dispensar o pano por causa das dores que lhe perfuravam a cabeça. Mas o sacristão demitido, Levion, deu uma gargalhada e disse que, sob um pano daqueles, devia se suar um bocado.

Desde a demissão, Levion, esse maroto, perseguia invejosamente Enok. Não passava uma noite de pesca às solhas sem se postar exatamente antes do lugar de Enok, de modo a pegar as solhas que deviam, propriamente, ser de Enok. E se precisava de um tolete novo, ou de um pedaço de pau para uma concha, procurava, certamente, no pinhal de Enok, perto do mar. Nunca perdia Enok de vista...

Em pouco tempo se espalhou que Marie van Loos rompera com o noivo e, envergonhada, ia demitir-se da paróquia. Mack teve pena do telegrafista abandonado e resolveu intervir, no sentido de sanar o rompimento. Arrancou, com suas próprias mãos, o aviso de Rolandsen e declarou que fora colocado contra sua vontade. Depois foi à paróquia. Mack podia permitir-se esta benevolência, já soubera da impressão imponente que causara seu tratamento dispensado ao ladrão. Era de novo cumprimentado como outrora, mais respeitado que antes. Só havia *um* Mack, ao longo de toda costa.

Mas sua ida à paróquia foi inútil. Marie van Loos chorou de emoção por ter Mack vindo pessoalmente, mas ninguém conseguiria restabelecer as pazes com Rolandsen — por nada neste mundo. Mack saiu com a impressão que o pastor era o culpado desta resolução.

Quando a governanta desceu para o embarcadouro, foi acompanhada pelo pastor e sua mulher. Ambos lhe desejaram boa viagem e ficaram ate à hora da partida.

— Ah, meu Deus, certamente está deitado no bosque e arrependido de tudo! — disse Marie van Loos, puxando o lenço.

O barco saiu e deslizou impulsionado por remadas fortes.

— Lá está ele — gritou a governanta e ergueu-se um pouco. Parecia querer voltar. Depois começou a acenar o lenço, com toda a força. Mas a canoa desapareceu na volta do promontório.

Rolandsen voltou para casa, como o fazia ultimamente, pelo bosque; só depois da paróquia tomava a rua. Bem, todas as provas de cola tinham sido despachadas; só precisava esperar pelo resultado. Não demoraria muito. E cheio de bom humor, estalava os dedos ao caminhar.

Mais adiante, Olga, a filha do sacristão, estava sentada numa pedra à beira da estrada. Que quereria lá? Rolandsen pensou. Com certeza vem do armazém e está esperando alguém. Logo depois apareceu Elise Mack. Vejam só, as duas parecem ter ficado inseparáveis! Também Elise Mack se sentou e ficou esperando. Afinal, podia encantar as duas damas com um ar de abatimento, pensou Rolandsen e desapareceu no bosque. Quando os galhos secos estalassem sob os pés, as moças o deviam ouvir. Podia voltar pela estrada, não era preciso exagerar. E deixou o bosque. Mas não era fácil encontrar, cara a cara, com Elise. Seu coração bateu com força, sentiu o sangue subir ao rosto e parou. Já não conseguira nada, antes, e agora, ainda por cima, havia seu crime. Retrocedeu para o bosque. Quem dera que já tivesse passado pela derrubada. Ali acabavam os galhos e começava a charneca. Com alguns pulos saltou sobre a brenha e procurou salvação na fuga. Repentinamente parou. Diabo, por que estava pulando por ali? Não era ele o Rolandsen? O grande Rolandsen? Teimoso voltou para a derrubada e pisou firme nos galhos que estalaram com gosto.

Quando chegou à estrada, as duas moças ainda estavam lá. Conversavam e Elise revolvia a terra com a ponta da sombrinha. Novamente Rolandsen parou.

Não há homens mais cautelosos que os arrojados. Eu sou um ladrão, pensou, como posso ser tão atrevido e mostrar-me? Devo cumprimentar e obrigar as senhoras a responder? E novamente enveredou-se pelo bosque. Que tolo sentimental continuava a ser! Não tinha o suficiente em que pensar? Mais alguns meses talvez e seria um senhor rico. Para o diabo com o amor! E pôs-se a caminho de casa.

Aposto que ainda estão lá sentadas. Virou-se e olhou para trás. Frederik também estava lá. Todos os três se aproximaram de Rolandsen. Ele voltou-se rapidamente e seu coração batia até à garganta. Tomara que não me tenham visto! Eles pararam e ouviu Frederik dizer:

— Psiu, creio ouvir algo.

— Não deve ser nada — disse Elise.

Ela diz isto porque me viu! — pensou Rolandsen. Percorreu-lhe a espinha um arrepio. Naturalmente não era nada — ainda não! Mas esperem mais algumas semanas! E que grande coisa era ela? Filha do conhecido comerciante Mack de Rosengaard — nada mais! Descansem em paz.

Sobre o telhado da agência telegráfica erguia-se, numa barra de ferro, o cata-vento em forma de galo. Rolandsen chegou em casa, subiu ao telhado e torceu o cata-vento de maneira que o galo ficasse bem erguido, parecendo cantar. Assim devia ficar. Cantar, era o direito dos galos.

Capítulo XI

Agora vinham dias de ócio. Só como passatempo ainda se pescava nas praias durante as noites quentes. Cereais e batatas cresciam e os prados ondulavam. Em todas as barricas havia sardinhas, as vacas e cabras davam baldes de leite e ainda assim engordavam. Mack e sua filha Elise voltaram para a casa e Frederik estava de novo com a direção da fábrica e do armazém. Mas dirigia mal, pois estava cheio de saudades do mar e só passava os dias a contragosto nesta vida de terra. O Capitão Henriksen, da linha costeira, lhe prometera, vagamente, o posto de piloto em seu navio, mas parecia que ia dar em nada. Cogitava-se se o velho Mack podia comprar um navio próprio para o filho. Ele dava a impressão de haver essa possibilidade e falava muitas vezes no assunto, mas Frederik sabia em que pé estavam as coisas.

Tinha pouco de marinheiro em si, era jovem cauteloso e sério que só fazia na vida quotidiana o estritamente necessário. Semelhante à sua mãe, não era, fundamentalmente, um verdadeiro Mack. Mas, assim é que deve ser, quando se deseja vencer com brilho neste mundo: nunca fazer demais, antes de menos, o que sempre ainda é suficiente. Pois, afinal, que acontecera a Rolandsen, aquele tolo temerário, sempre dado a exageros? Tornara-se ladrão e fora despedido do emprego. Agora andava de consciência pesada, com ternos surrados e, por sorte, conseguira um quartinho em casa de Börre, o manejador de pedais do órgão. A tanto chegava Ove Rolandsen. Pois Börre podia, a seu modo, ser homem bom, mas era o mais pobre de todos e seu barco carregava a menor quantidade de sardinhas. E como, além disso, sua filha Pernille era aleijada, sua casa não era muito procurada. Um homem de categoria não podia morar lá.

Diziam que Rolandsen poderia ter mantido seu emprego, se fosse mais humilde, por ocasião do encontro com o inspetor. Mas Rolandsen simplesmente antecipara sua demissão e assim o inspetor não teve oportunidade de agir com benevolência, em lugar da justiça. E o velho Mack, o intermediário, não estava.

Só o pastor não estava descontente com Rolandsen.

— Ouvi dizer que está bebendo menos, e não o considero irremediavelmente perdido. Ele mesmo admitiu que confessou o roubo, influenciado pela minha carta. Às vezes ainda recebemos alegrias com nosso trabalho.

São João veio. À noite acenderam fogueiras em todas as colinas. A juventude se reunia em volta delas e ouvia-se na aldeia o som de harmônicas e violinos. O fogo não devia ter chamas altas, o suficiente para fazer bastante fumaça; assim era mais bonito. Por isso jogava-se por cima do fogo musgo úmido e zimbro e a fumaça subia grossa e perfumada.

Rolandsen era suficientemente teimoso para tomar parte neste festejo popular. Estava sentado numa rocha alta, tocava guitarra e seu canto ecoava pelo vale.

Quando desceu para a rajada de fogo, estava completamente bêbado e palrador. Era e sempre seria o mesmo.

Pela rua lá embaixo, veio Olga. Não tinha intenção de parar, somente passava por acaso. Ela naturalmente podia ter seguido outro caminho, mas Olga era jovem e as melodias da harmônica a atraíram. Suas narinas estremeceram, uma onda de felicidade a invadiu, pois estava apaixonada. Durante o dia fora ao armazém e Frederik Mack lhe falara cautelosamente, mas com palavras tão claras que não podia deixar de compreender. Quem sabe não estaria ele dando um passeio naquelas horas, também!

Encontrou a mulher do pastor. As duas seguiram juntas e conversaram sobre Frederik Mack. Era o senhor da aldeia, até o coração da senhora se inclinara, secretamente, para ele. Ele era gentil e cauteloso e marcava passo com o tempo. Repentinamente a mulher do pastor notou que Olga andava a seu lado muito embaraçada e perguntou:

— Você está tão silenciosa, menina, será que você está apaixonada pelo jovem Mack?

— Sim — balbuciou Olga e rompeu em choro. A senhora parou.

— Olga, Olga! Ele também gosta de você?

— Acho que sim.

Então os olhos da senhora se tornaram de novo sem brilho e dirigiram um olhar vazio à distância.

— Sim, sim — disse sorrindo — Deus te abençoe! Preste atenção, tudo dará certo. E redobrou sua delicadeza para com Olga.

Quando as senhoras chegaram à paróquia, o pastor corria agitado de um lado para outro.

— Um incêndio no bosque! — exclamou. — Vi da janela.

E foi juntando machados, enxadas e homens e tripulou seu barco. O bosque de Enok ardia.

Mas ainda antes do pastor e sua gente, chegou o ex-sacristão Levion.

Levion vinha da pesca e, como sempre, estivera lá fora em frente ao bosque de Enok e cozinhara. Ao voltar para casa vira uma pequena clara labareda elevar-se no bosque, que crescia e crescia. Acenou um pouco com a cabeça como se soubesse o que queria dizer aquela labareda. E ao ver no ancoradouro do pastor gente em atividade, compreendeu que o auxílio estava a caminho. Imediatamente manobrou sua canoa e remou de volta para ser o primeiro a chegar ao local. Isto foi uma bonita atitude de Levion, esquecer todo rancor e ir em socorro de seu inimigo.

Desembarcou e subiu ao bosque onde crepitava o fogo. Mas Levion não se precipitava e olhava, a cada passo, em volta de si; logo depois avistou Enok que vinha correndo. Levion foi tomado de imensa curiosidade, escondeu-se atrás de uma rocha e ficou à espreita. Enok aproximou-se, ia diretamente para um alvo certo, não olhava para a esquerda nem para a direita. Descobrira seu rival? Quando chegou bem perto, Levion deu um grito. Enok assustou-se e parou. E em sua confusão sorriu e disse:

— Aqui, infelizmente está queimando. Que desastre!

O outro se animou e respondeu:

— Com certeza é a justiça de Deus.

Enok franziu a testa.

— Afinal, que quer você aqui?

Todo o ódio de Levion então se expandiu.

— Hoho, agora você vai sentir calor por baixo do seu pano!

— Vá embora! Provavelmente foi você quem botou fogo.

Mas Levion não se mexeu. Enok parecia estar justamente interessado na rocha onde se encontrava Levion.

— Cuidado! — gritou Levion. Uma orelha já lhe falta e a outra também ainda perderá!

— Estou lhe dizendo para dar o fora! — respondeu. Enok e o tentou empurrar.

Levion rangeu os dentes de raiva.

— Você esqueceu que, lá no golfo, você retirou minhas linhas de pesca e eu lhe arranquei a orelha?

Então esta a razão de Enok sempre andar com o pano na cabeça: ele só tinha uma orelha. Os vizinhos tinham se agredido e ambos tinham razões para silenciar sobre o caso.

— Você é meio assassino — disse Enok.

Ouviu-se o barco do pastor chegar à terra, do outro lado vinha o crepitar do fogo sempre mais perto. Enok se torcia de um lado para outro querendo que Levion se fosse. Puxou seu facão; para que afinal tinha-se uma coisa tão bela?

Levion rolou os olhos e gritou:

— Experimente mostrar-me a faca — atrás de mim vem gente. Lá vêm eles.

Enok guardou a faca.

— Que é que você tem a procurar justamente aqui? Dê o fora!

— E que veio você procurar aqui?

— Isto não é de sua conta. Tenho o que fazer, escondi uma coisa. E agora vem o fogo.

Mas Levion não queria ceder a largura de um dedo.

Lá vinha o pastor, ele ouviria a briga, mas que importava o pastor a Levion?

A canoa encostou e todos os homens avançaram com machados e enxadas; o pastor cumprimentou ligeiramente e disse:

— Estas fogueiras juninas são um mau hábito, as fagulhas caem por todos os lados. Onde devemos começar, Enok?

Mas Enok se portou como um louco, então o pastor o puxou de modo que o forçou a deixar Levion.

— Que vento temos? — perguntou o pastor. — Venha, mostre-nos onde devemos abrir a vala!

Mas Enok estava pisando em brasas, não podia deixar Levion longe de suas vistas e deu respostas completamente tolas.

— Não leve tão a sério este desastre! Domine-se! O fogo deve ser apagado! — E novamente puxou Enok pelo braço.

Alguns homens foram ao encontro do fogo e começaram a abrir, por si, uma vala. Levion continuou no mesmo lugar e arquejava. Bateu com o pé contra uma laje de pedra que estava perto da rocha. Enok com certeza não escondeu nada, só fingiu, pensou e olhou melhor. Quando raspou mais um pouco de terra por baixo da laje, apareceu um pano. O pano pertencia a Enok, usara-o antigamente em volta da cabeça. Levion o ergueu. Era uma trouxa. Abriu-a. Havia dinheiro, muito dinheiro, notas! E entre as notas um documento grande, branco. Agora Levion ficou abalado. Dinheiro roubado! — pensou. Desdobrou o papel e soletrou os dizeres.

Foi quando o olhar de Enok caiu sobre ele, deu um grito rouco, arrancou-se do pastor e avançou contra Levion de facão em punho.

— Enok! Enok! — gritou o pastor, tentando alcançá-lo.

— Ele é o ladrão! — gritou Levion ao seu encontro.

O pastor pensou: o incêndio deve ter deixado Enok fora de si, ele sempre foi tão quieto.

— Guarde o facão — gritou para ele.

— Este é o ladrão que roubou na fábrica de Mack — repetiu Levion.

— Que quer dizer isso? —perguntou o pastor sem compreender.

Enok pulou contra seu adversário para lhe arrancar a trouxa.

— Dou isto ao pastor! — gritou Levion. O senhor pastor deve ver o sacristão que ele tem.

Enok deixou-se cair perto de uma árvore. Seu rosto estava cinza. O pastor não estava entendendo nada daquele dinheiro, do pano e do documento.

— Achei isto aqui — disse Levion — tremendo em todo o corpo. Estava escondido embaixo de uma laje de pedra. No papel está o nome de Mack.

O pastor leu. Ficou cada vez mais desconcertado, olhou para Enok e disse:

— Não é a apólice de seguro que Mack deu falta? — É, e também o dinheiro dele — disse Levion. Enok controlou-se.

— Então foi você quem o colocou lá.

O crepitar do fogo chegou mais perto, estava ficando sempre mais quente ao redor dos três homens, mas eles continuavam parados.

— Não sei de nada — disse Enok. — Com certeza Levion quis incriminar-me.

— São duzentos táleres — respondeu Levion — eu algum dia possuí duzentos táleres? E este pano? Não pertence a você? Não o tinha em volta da cabeça?

— Sim, de fato, este pano não é seu? — perguntou também o pastor.

Enok ficou calado.

O pastor contou o dinheiro.

— Não são duzentos táleres — constatou.

— Já deve ter gasto uma parte — respondeu Levion. Enok estava parado, respirando com dificuldade repetindo:

— Não sei de nada. Mas uma coisa posso dizer, Levion, você ainda se lembrará de mim!

Tudo girou ao redor do pastor. Se Enok era o ladrão, então o telegrafista Rolandsen utilizara sua carta para pregar uma peça. Mas por quê?

O calor se tornou insuportável, os três homens retiraram-se para a praia e o fogo os seguiu. Tiveram que embarcar e afastar-se da terra.

— Em todo caso a apólice é de Mack — disse o pastor. Devemos dar parte do ocorrido. Reme de volta, Levion!

Com Enok não se podia fazer nada, estava sentado, olhando para a frente.

— Sim, vamos dar parte — disse — estou de pleno acordo.

Aflito o pastor perguntou:

— Então é mesmo você?

E, sem querer, fechou os olhos horrorizado.

Aquele Enok cobiçoso, fora demasiado simplório. Guardar uma apólice da qual nada compreendia! Estava cheia de carimbos e mencionava uma quantia grande, e ele pensara que, talvez mais tarde, pudesse resgatá-la em algum lugar; em todo caso não achara aconselhável jogar fora o papel.

O pastor virou-se e olhou para o fogo. No bosque estavam trabalhando, árvores caíam, uma alta trincheira se destacava sombria. Tinha vindo muita gente.

— O fogo vai parar por si — disse Levion. Que acha?
— Quando chegar nas bétulas, apagará.

E a canoa foi ao largo da baía até a casa do magistrado.

Capítulo XII

Quando o pastor voltou à noite para casa, havia chorado. À sua volta os pescadores se amontoavam. Estava abatido, cheio de dor e tristeza. Agora sua mulher não teria sequer os sapatos que precisava tanto. O grande óbulo de Enok devia ser devolvido, era dinheiro roubado. E depois disto o pastor estaria de novo com as mãos vazias.

Subiu logo para o quarto da esposa. Já à porta, foi acometido pelo desespero e repugnância. Sua mulher costurava. No chão se espalhavam peças de vestuário, um garfo e um pano de cozinha estavam entre jornais e uma agulha de tricô sobre a cama. Um de seus sapatos caseiros estava sobre a mesa e em cima da cômoda havia um ramo de bétula junto com outras plantas e uma pedra.

Por hábito o pastor começou a arrumar.

— Deixe. Eu mesma vou guardar o sapato, assim que terminar a costura.

— Como você pode estar sentada e trabalhar numa tal desordem! Para que esta pedra?

— Achei-a na praia e gostei dela.

Apanhou um punhado de verdura murcha de sobre a mesa e colocou-o entre um jornal.

— Você ainda precisa disso para alguma coisa?

— Não, já está velho. É labaça, queria fazer uma salada.

— Isto já está aqui há uma semana, e o verniz ficou manchado.

— Pois é, veja você. Não se devia ter móveis envernizados. Não são nada práticos.

O pastor deu uma gargalhada maliciosa. Sua mulher atirou a costura ao lado e levantou-se.

Nunca a deixava viver em paz e com sua incompreensão, ainda a torturaria até morrer. E agora seguiu-se de novo uma daquelas tolas e inúteis brigas, que se repetiam há quatro anos.

Ele entrara com humildade para lhe pedir que ainda esperasse um pouco pelos sapatos, mas ela tornara impossível praticar a intenção, ela o irritava. Desde que Marie van Loos partira, sua mulher dirigia a casa e tudo ia de mal a pior.

— E já que falamos neste assunto, você não podia manter um pouco mais de ordem na cozinha?

— Ordem? Eu mantenho ordem! Será que agora está pior que antes?

— Ontem o lixo estava cheio de comida.

— Se você não se incomodasse com tudo, iria muito melhor.

— Havia grande quantidade de papa de creme do almoço.

— Sim, as empregadas comeram de tal modo que me repugnou e não quis guardá-la mais.

— E creme de arroz também.

— O leite azedou ao cozinhar. Não tenho culpa disso.

— Anteontem havia um ovo cozido no lixo.

Também isto a mulher do pastor teria justificado mas calou-se.

— Nós não vivemos em abundância — disse o pastor — e você sabe que compramos os ovos. Outro dia o gato ganhou uma omeleta.

— Foi o resto do almoço. Aconselho você a procurar um médico para tratar de seu mau-humor. Sua injustiça é insuportável. E você, que fica sempre com o gato no braço colocando a tigela de leite na frente do seu focinho! Isto você ainda deixa que as empregadas vejam. Intimamente até riem de você.

—As empregadas não riem, mas você sempre tem alguma objeção a fazer contra mim.

Finalmente o pastor foi para o gabinete. Sua mulher teve sossego. No dia seguinte, durante o café, não se notou que a senhora sofrera e estivera triste. Toda aflição estava como que apagada e parecia ter esquecido tudo. Sua despreocupada inconstância a ajudava a suportar a vida. O pastor estava comovido. Ele podia ter calado sobre aqueles assuntos caseiros; a nova governanta já devia estar a caminho.

— Infelizmente ainda não pode ter sapatos novos. — Não, não — respondeu ela apenas.

— Tenho que devolver o dinheiro de Enok, o dinheiro é roubado.

— Como?

— É, imagine, foi ele quem cometeu o roubo. Confessou-o ontem ao juiz.

E o pastor contou a história toda.

— Então não foi Rolandsen?!

— Este — este farsista! Um miserável! — Mas agora você terá que esperar pelos sapatos.

— Ora, não tem importância.

— Se você pudesse usar os meus! — disse ele, enternecido. Sua mulher riu, profundamente comovida.

— Sim, e você os meus!

Nisto deixou cair um prato que se quebrou e a costeleta fria rolou pelo chão.

— Espere, vou rapidamente buscar outro — disse ela e saiu correndo.

Nenhuma palavra sobre o prejuízo! — pensou o pastor. — Nem sequer demonstrou pezar. Mas também um prato custa dinheiro.

— A costeleta você não pode comer mais! — exclamou a senhora, quando entrou.

— E que fazer com ela?

— Dar ao gato.

— Uma coisa destas *eu* não posso permitir por enquanto — disse ele já de novo aborrecido.

E teria havido uma nova briga se a mulher não ficasse calada.

105

Mas a alegria de ambos passara...

No dia seguinte soube-se outra novidade. Rolandsen sumira. Quando teve conhecimento do achado no bosque e da confissão de Enok, dissera irritado:

— Para o diabo! No mínimo um mês cedo demais!

Börre o ouvira. Mais tarde, à noite, Rolandsen não foi encontrado em parte alguma. Mas a canoa de Börre, que estivera no desembarcadouro da paróquia, desaparecera com os remos, com apetrechos de pesca e todos os pertences.

Mack, em Rosengaard, foi imediatamente avisado sobre o verdadeiro ladrão, mas, estranhamente, não se apressou em intervir de novo. O velho Mack sabia por quê. O telegrafista Rolandsen o lograra, e pagar mais uma vez a recompensa, era inoportuno. Ele era o grande Mack e não podia mostrar-se mesquinho neste caso de honra; mas, no momento, estava em dificuldades. Suas várias empresas exigiam grandes gastos e o dinheiro-moeda não entrava mais em massa. Sua enorme reserva de sardinhas se encontrava com o agente de Bergen, mas o preços estavam baixos e ele não vendia. Cheio de impaciência Mack esperava pela canícula. A pesca então estaria terminada e os preços subiriam. Além do mais a Rússia estava em guerra, estando por isso abandonada a agricultura desse grande país e a necessidade de sardinhas para o povo aumentava.

Durante várias semanas, Mack não apareceu na fábrica. Não prometera uma padaria à mulher do pastor? Que seria dela? Os alicerces estavam prontos e o terreno preparado, mas a casa não era construída. Novamente corriam boatos a respeito de Mack. Talvez não terminasse mais a padaria. Isto foi comentado tanto que o padeiro da chácara do magistrado começou de novo a beber. Julgou-se em segurança. Não se construía uma padaria dentro de uma semana, portanto tinha outra vez tempo para vadiar. O pastor soubera da recaída do homem e foi falar pessoalmente com ele; mas pareceu de nada adiantar. Sentia-se seguro demais.

Para o pastor, trabalhador incansável, havia muito o que fazer; apesar de não se poupar, sempre ainda ficava algo por fazer. Agora, Enok, o mais solícito de seus auxiliares, desertara. Pouco dias depois da derrota de Enok, Levion viera demonstrando grande desejo de voltar a ocupar seu antigo cargo.

— O pastor agora certamente reconhece que não há melhor sacristão do que eu.

— Há suspeitas de que você deu início ao incêndio no bosque.

— Isto é invenção daquele ladrão e vigarista.

— Talvez. Mas você nunca mais será sacristão.

— Quem o será desta vez?

— Ninguém, eu me arranjarei sozinho.

Assim era o pastor, forte e severo, mas justo com todos. Pois, justamente agora, tinha motivos de ser impiedoso consigo mesmo. O eterno desconforto em casa, as inúmeras dificuldades de sua profissão, queriam levá-lo a rebelar-se e de vez em quando seus pensamentos tomavam caminhos proibidos. Que importaria, por exemplo, ele fazer as pazes com Levion, que por sua vez se mostraria reconhecido? Ou — Mack de Rosengaard oferecer auxílio aos necessitados... Bem, e não era ele, o pastor, o mais pobre da comunidade? E por que não podia dirigir-se a Mack em nome de uma família em dificuldade e ficar com o auxílio para si? Sua mulher então finalmente teria os sapatos. O pastor também precisava de algumas coisas, alguns livros, obras filosóficas, pois a luta pela vida quotidiana o esterilizava e não conseguia instruir-se mais. Por exemplo, Rolandsen, aquele fanfarrão, incutira com sucesso em sua mulher, que os homens haviam feito de Deus o que ele era. Não devia estar sempre preparado para, numa situação desta, tapar a boca desta gente?

Finalmente Mack veio. E veio como sempre — grandioso e distinto. Sua filha, Elise, o acompanhava. Imediatamente fez uma visita de cortesia ao pastor. Além disso, não queria fugir a seus compromissos. A mulher do pastor perguntou pela padaria. Mack lamentou não poder prosseguir com maior rapidez os trabalhos, mas havia boas razões: a padaria não poderia ser construída aquele ano. Os alicerces tinham que ser assentados primeiro. A senhora deu um suspiro de desilusão; mas ao pastor proporcionou alguma alegria.

— É a opinião dos técnicos — disse Mack — tenho que submeter-me. Quando na primavera seguinte a terra degelar, os alicerces podem ceder algumas polegadas. E que seria da casa?

— Certamente — disse o pastor — que seria depois?

De resto Mack não estava preocupado, nem um pouco. A canícula passara, a pesca terminara por completo e um telegrama do agente lhe informara que os preços subiam. Mack se conteve e falou dos negócios ao pastor e sua mulher. Em compensação, o pastor podia informar onde se encontrava Rolandsen: numa pequena ilha em frente à costa, a oeste, lá vivendo como selvagem. Um casal tinha vindo até ao pastor para contar. Sem delonga, Mack mandou um barco em busca de Rolandsen.

Capítulo XIII

A confissão de Enok viera como completa surpresa para Rolandsen. Agora já se sabia que não era ele o ladrão e que teria de devolver os quatrocentos táleres a Mack. Mas, não os tinha mais. Por isso pegou a canoa de Börre, com todos os pertences, e remara pela silenciosa noite afora. Queria ir até os recifes, o que representava milha e meia, em parte sobre o mar aberto. Viajou durante a noite inteira e ao amanhecer escolheu uma ilha adequada para desembarcar. Os pássaros marinhos voavam em volta dele.

Rolandsen estava com fome e queria primeiro apossar-se de alguns ovos de gaivotas. Mas constatou que os filhotes já rompiam os ovos. Assim remou para o mar a fim de pescar, e teve mais sorte. Dia após dia vivia de peixe, cantava, se entediava e dominava a ilha. Em dias de chuva encontrava refúgio sob a saliência de uma rocha. A noite dormia sobre capim verde e o sol nunca se escondia.

Duas semanas se passaram, três semanas e Rolandsen se tornava cada vez mais magro, com a vida miserável que levava; mas seu olhar tornou-se duro com a decisão tomada, e não ia capitular. Só temia que alguém o descobrisse. Há algumas noites um barco tentara ancorar, trazendo a bordo um homem e uma mulher que procuravam penugem, mas Rolandsen não permitiu que desembarcassem. Já os vira de longe e tivera tempo de ficar com raiva, agitou a pequena âncora do barco de Börre tão sinistramente que o casal se assustou e foi embora. Então Rolandsen riu, parecendo, com seu rosto emagrecido, o diabo em pessoa.

Numa manhã, os pássaros fizeram mais barulho do que normalmente e acordaram Rolandsen muito cedo, quase ainda noite. Viu chegar um barco, que já estava bem perto. O lastimável em Rolandsen era que nada conseguia tirá-lo de sua calma com facilidade. Assim o barco conseguiu chegar sem obstáculos e no entanto sua chegada lhe era, justamente agora, muito inoportuna. Quando finalmente a raiva tomou conta dele, o barco já ancorara, do contrário ainda poderia ter tomado uma atitude e jogar pedras.

Dois homens da fábrica de Mack vieram para terra; eram pai e filho.

— Bom dia — disse o velho.

— Que quer dizer dia aqui? Sua última hora soará dentro em pouco.

— Por que? — perguntou o velho, lançando um olhar meio amedrontado para o filho.

— Porque vou estrangular você. Que acha disso?

— Viemos a mando de Mack.

— Lógico que você vem a mando de Mack. Sei perfeitamente o que ele quer.

Agora o jovem também se intrometeu:

— E Börre quer seu barco e suas linhas de pesca. — Aquele? — exclamou Rolandsen com amargura. O camarada ficou louco? Que farei eu? Moro aqui nesta ilha abandonada, preciso de um barco para chegar aos homens e linhas para pescar, se quero continuar vivo. Dê-lhe lembranças e diga-lhe isso!

— E o novo telegrafista manda dizer que chegaram telegramas importantes, e estão à sua espera.

Rolandsen deu um pulo. Como? Já? Fez algumas perguntas, recebeu respostas e não resistiu mais em voltar com eles. O rapaz remou o barco de Börre e Rolandsen viajou no do velho.

Na frente do barco havia uma cesta de alimentos que fez nascer a arrojada esperança em Rolandsen de que havia provisões dentro dela. Já ia perguntar se tinham algo para comer quando o seu orgulho o ajudou a dominar-se e tentou ignorar a fome.

— Como foi que Mack soube que eu estava aqui? — Ouviu-se dizer. Um casal veio uma noite. Ficaram assustados.

— Bem, que vinham eles procurar aqui?... Imagine, encontrei um novo lugar de pesca perto da ilha. E agora tenho que deixá-la.

— Quanto tempo queria ficar?

— Não é da sua conta — respondeu Rolandsen secamente.

Olhou de novo para a cesta, mas como quase arrebentava de orgulho disse somente:

— Uma cesta feia, fora do comum. Não deve servir para nada. Que poderia colocar-se nela?

— Se eu tivesse tudo que já esteve dentro dela, a carne, o toucinho, a manteiga e o queijo, teria provisão por anos afora — respondeu o homem.

Rolandsen pigarreou e cuspiu na água.

— Quando chegaram os telegramas?

— Já faz tempo.

No meio do caminho as canoas se encostaram. Pai e filho queriam fazer sua refeição. O velho disse:

— Caso o senhor se contente com o que tem, nós trouxemos algo para comer. E colocaram a cesta toda na sua frente.

Ele recusou com a mão.

— Comi há meia hora, comi até demais. Aliás, incrível como está bem cozido este pão! Não, não, obrigado, só queria ver e cheirar.

E Rolandsen continuou tagarelando e olhando para todos os lados.

— Nós aqui no norte vivemos com certa opulência. Estou convencido de que não existe ninguém que não tenha o presunto pendurado — e todo aquele toucinho! Mas é tão animalesco este modo de vida!

Sem querer contorceu-se de fome e, rapidamente, continuou:

— Queria saber quanto tempo ia ficar? Logicamente até o outono, teria observado as estrelas cadentes. Sou amigo de grandes acontecimentos e me dá prazer ver como os corpos celestes se desfazem em pedaços.

— São coisas que eu não entendo.

— Muito simples: É quando uma estrela empurra outra do céu, com raiva e loucura.

Mas os dois comiam e comiam e Rolandsen acabou gritando.

— Como se empanturram! Igual aos porcos!

— Terminamos — disse o velho, solícito.

E as canoas se afastaram e os homens remaram de novo. Rolandsen acomodou-se para dormir.

À tarde chegaram e Rolandsen foi direto à agência apanhar os telegramas. Eram notícias confortadoras a respeito de sua invenção e uma proposta alta de Hamburgo, pela patente, e outra mais alta ainda por intermédio do escritório de Registro de Patentes. E Rolandsen era criatura tão estranha que correu para o bosque, ficando lá por muito tempo, antes de se lembrar de comprar alguma coisa para comer. A excitação o tornava um menino, uma criança de mãos postas.

Capítulo XIV

Rolandsen foi ao escritório de Mack. Como um justificado, como um leão, ia desta vez. A família Mack ficaria espantada ao vê-lo. Elise talvez o felicitasse e uma amabilidade sincera seria bálsamo para seu coração.

Mas se enganou. Encontrou Elise em conversa com o irmão, à frente da fábrica; tomou pouco conhecimento dele, mal lhe retribuindo o cumprimento.

Os dois continuaram, calmamente, a conversa. Rolandsen não quis incomodar e, sem perguntar pelo velho Mack, subiu para o escritório. Bateu à porta. Estava fechada. Desceu novamente.

— Seu pai mandou chamar-me. Onde o posso encontrar?

Os dois não se apressaram em responder, terminaram primeiro seu assunto de conversa e depois Frederik respondeu:

— Meu pai está lá em cima, na represa.

Podiam ter-me dito logo em vez de deixar-me subir ao escritório, pensou Rolandsen.

— O senhor poderia mandar avisá-lo por um mensageiro?

Frederik respondeu com indiferença.

— Se meu pai está na represa, é porque está ocupado.

Rolandsen olhou surpreendido para os dois.

— O senhor pode voltar mais tarde — disse Frederik.

Rolandsen deu-se por satisfeito, acenou a cabeça e ia embora, mas depois mordeu os lábios e refletiu. Repentinamente voltou-se e disse sem preâmbulos:

— Eu só vim aqui para falar com seu pai e mais ninguém, o senhor compreendeu?

— Volte mais tarde.

— E se eu vier pela segunda vez será para dizer que não volto pela terceira vez.

Frederik deu de ombros.

— Ali vem papai — disse Elise.

O velho Mack franziu a testa, disse poucas palavras e entrou no escritório antes de Rolandsen. Parecia de mau humor.

— Da última vez lhe ofereci uma cadeira, desta vez não o faço.

— Não, não — respondeu Rolandsen, — sem compreender a atitude.

Mas o velho Mack não fazia questão de ser severo. Este homem que errara contra ele, estava em seu poder, mas tinha ele, Mack, necessidade de fazer uso dele?

— O senhor, naturalmente, sabe o que se passou? — Estive ausente, aqui pode ter acontecido muita coisa que o senhor saiba e eu não.

— Então vou pô-lo ao corrente — disse Mack — e portava-se agora como um pequeno deus que segurava o destino de um homem em suas mãos.

— É certo que o senhor queimou minha apólice de vida?

— Bem, se o senhor quer interrogar-me...

— Aqui está ela — disse Mack — mostrando o documento. O dinheiro também foi achado. Tudo se encontrava num pano que não pertencia ao senhor.

Rolandsen não respondeu.

— Pertencia a Enok.

Diante de tanta solenidade, Rolandsen sorriu e disse gracejando:

— O senhor ainda vai surpreender-se ao saber que Enok é o ladrão.

Mas o gracejo não agradou a Mack, não soava humilde.

— O senhor me fez de palhaço e me logrou em quatrocentos táleres.

Mas Rolandsen, com seus preciosos telegramas no bolso, não queria levar o assunto a sério.

— Devia ter investigado melhor — sorriu ele.

A voz de Mack tornou-se ácida.

— Da última vez, eu lhe perdoei; desta vez não.

— Posso devolver-lhe o dinheiro.

Mack se exaltou.

— Também agora não é o dinheiro que me importa. O senhor é um impostor, compreendeu?

113

— Posso explicar-lhe uma coisa?
— Não!
— Mas, isto é injusto — disse Rolandsen e continuou sorrindo. — Neste caso, que deseja de mim?
— Vou mandar prendê-lo.

Frederik entrou e ficou em seu lugar, na mesa de trabalho. Ouvira as últimas palavras e viu que o pai estava exaltado, o que raramente acontecia. Rolandsen disse, enquanto procurava pelos telegramas no bolso:

— Mas, o senhor não quer aceitar o dinheiro?
— Não, pode entregá-lo às autoridades.

Rolandsen parou. Era mesmo um ladrão, cometera uma fraude e podia ser preso. Mack olhou interrogativamente para ele, como se estivesse admirado de ainda o ver ali.

— Estou esperando ser preso — disse Rolandsen. — Aqui? — respondeu Mack, estupefato. — Não, pode ir para casa e esperar.

— Muito obrigado. Assim ainda há tempo para mandar alguns telegramas.

Estas palavras amenizaram Mack; afinal de contas ele não era um canibal.

— O senhor, naturalmente, ainda pode dispor de hoje e amanhã para se preparar.

Rolandsen fez uma mesura e saiu.

Elise continuava lá fora. Teve que passar por ela.

Perdido é perdido, e isto não podia ser mudado. Ela o chamou baixinho. Ele voltou e fitou-a embaraçado e desconcertado.

— Só queria dizer que... acho que não é tão mau assim.

Ele não sabia a que ela se referia e, acima de tudo, não compreendia porque ainda lhe dava alguma atenção.

— Recebi licença para ir à casa; preciso mandar alguns telegramas.

Ela se aproximou respirando com dificuldade, olhou em volta e parecia indecisa.

— Meu pai, com certeza, estava muito zangado com o senhor; mas, isso passa.

Rolandsen *ficou* aborrecido. Será que ele não tinha direito algum?

— Seu pai pode agir como quiser.

—Ah, o senhor olha para mim como se não me conhecesse. Compaixão, nada mais que compaixão!

— Hoje conhecemos alguém, amanhã não; sempre de acordo com o desejo.

Pausa. Finalmente Elise disse:

— O senhor deve concordar que o que fez... bem, a situação para o senhor deve ser pior.

— E que fosse pior ainda, não gosto de ser destratado, por ninguém! Seu pai pode mandar prender-me.

Sem uma palavra, ela se afastou.

Ele esperou durante dois, três dias, mas ninguém veio à casa de Börre para o prender. Encontrava-se em grande tensão. Preparara os telegramas, queria despachá-los no momento em que fosse preso. Resolvera vender sua patente pela melhor oferta. Entretanto, não ficara ocioso, deixara as empresas estrangeiras em suspenso, debatendo sobre isto e aquilo, a compra da queda d'água acima da fábrica de Mack e especialmente a segurança do direito de caminho para transporte. Todas estas coisas estavam, por enquanto, em suas mãos.

Não era da natureza de Mack perseguir o próximo. O vento estava de novo soprando a favor de seus negócios, e sempre que a sorte lhe sorria, Mack transbordava de benevolência. Um telegrama do agente lhe informara que as sardinhas tinham sido vendidas à Rússia. Se Mark desejasse dinheiro estava à sua disposição. Portanto, estava triunfante.

Após uma semana sem novidade, Rolandsen voltou ao escritório de Mack. Tinha emagrecido por causa da tensão nervosa e da incerteza; queria uma decisão.

— Já esperei uma semana e o senhor não me mandou prender.

— Jovem, resolvi diferente — respondeu Mack com indulgência.

— Velho, tenha a bondade de decidir imediatamente. O senhor pensa que pode esperar eternamente, só para aquecer-se no calor de sua própria benevolência? Eu saberei auxiliar-me. Eu mesmo vou me apresentar.

— Em todo caso esperei hoje receber palavras diferentes do senhor.

— Vou lhe mostrar que palavras pode receber disse Rolandsen orgulhoso e jogou os telegramas sobre a mesa de Mack. Seu nariz parecia ainda maior que antes porque seu rosto emagrecera tanto.

Mack correu os olhos sobre os telegramas.

— O senhor tornou-se um inventor!

E quanto mais lia, mais apertava os olhos para ver melhor.

— Cola de peixe? — perguntou finalmente.

Depois leu de novo todos os telegramas.

— Isto parece promissor, e olhou para Rolandsen.

Esta quantia grande lhe foi de fato oferecida pela descoberta de uma cola de peixe?

— Sim.

— Então, o felicito. Mas neste caso o senhor não tinha necessidade de ser tão indelicado com um homem velho.

— O senhor naturalmente tem razão. Mas a tensão me abateu muito. Primeiro quis mandar prender-me e depois me fez esperar até agora.

— Vou explicar-lhe como tudo aconteceu. Estava decidido, mas alguém interferiu...

— Quem interveio?

— O senhor sabe como são as mulheres. Tenho uma filha. Ela não estava de acordo.

— Estranho.

Mack olhou de novo para os telegramas.

— É fantástico! Não pode explicar-me um pouco esta sua invenção?

E Rolandsen explicou.

— Então somos, por assim dizer, concorrentes.

— Não só por assim dizer. Desde o momento que telegrafar minha resposta, nós o seremos de verdade.

— É? replicou Mack e alertou-se. Que quer dizer com isso? Vai começar logo com a produção?

— Sim. Acima de sua queda d'água existe outra, muito maior. Lá não há necessidade de uma represa.

— Aquela é de Levion.

— Comprei-a.

Mack franziu a testa e ficou pensativo. — Bem, vamos arriscar-nos.

— Mas o senhor sairá perdendo — disse Rolandsen. Estas palavras escandalizaram o grande senhor; não estava habituado a uma coisa destas e não o admitia.

— O senhor esquece, com facilidade assombrosa, que está em minhas mãos.

— Dê parte de mim. Meu tempo virá mais tarde. — Ora, que poderá fazer?

— Arruiná-lo!

Frederik entrou. Viu imediatamente que discutiam e aborreceu-se por seu pai não acabar de uma vez com aquele telegrafista demitido e fanfarrão.

— Eu lhe faço uma proposta — disse Rolandsen alto. — Reformamos a fábrica e eu a dirijo. Minha proposta vale por vinte e quatro horas!

Depois disso Rolandsen saiu, deixando os telegramas em cima da mesa.

Capítulo XV

Veio o outono, o vento soprava pelo bosque, o mar tornou-se de colorido amarelado e no céu as estrélas despontaram. Mas Ove Rolandsen não tinha tempo para observar as estrelas cadentes, apesar de ser, mais do que nunca, amigo de grandes acontecimentos. Nos últimos tempos, muitos pedreiros e carpinteiros trabalhavam na fábrica de Mack, faziam a reforma tudo de acordo com as instruções de Rolandsen que os dirigia. Ele vencera as dificuldades e alcançara grandes honras.

— Desde o princípio sempre dei valor a este homem — disse o velho Mack.

— Eu não — disse Elise com orgulho. — Ele se julga tão importante e dá a impressão de que nos tenha salvos.

— Bem, tanto assim também não é.

— Quando cumprimenta, nem espera pelo agradecimento, prossegue logo no caminho.

— Ele está muito ocupado.

— E como se intrometeu em nossa família! — disse Elise de lábios pálidos. — Nós podemos estar onde for, ele sempre está junto. Mas se pretende alguma coisa comigo, está perdendo tempo.

Elise viajou para a cidade.

Tudo continuou da mesma maneira, parecia não fazer falta. Porque Rolandsen decidira, desde o momento em que se associara a Mack, prestar bons serviços e não perder tempo com sonhos. Sonhos são para o verão e ponto final. Todavia, alguns sonham durante toda a vida e não se emendam. Haviam o exemplo da governanta Marie van Loos, de Bergen. Rolandsen recebera uma carta em que ela dizia que não o desprezava mais, pois não se desmoralizara com um roubo, apenas fizera uma brincadeira. E que retirava a anulação do noivado, caso não fosse tarde demais.

Em outubro Elise Mack voltou. Correu o boato de que estava noiva e que seu noivo, o comandante da linha costeira, Hanrik Burnus Henriksen, estava de visita em sua casa. Devia realizar-se um grande baile no salão de Rosengaard e foi contratada uma orquestra alemã que se achava em sua viagem de volta, após ter dado concertos em algumas cidades da Finlândia. Toda a comunidade fora convidada. Rolandsen também. Olga, a filha do sacristão devia ser apresentada como a futura esposa de Frederik. Só o pastor e sua mulher mandaram desculpas. O novo pastor fora nomeado e era esperado a qualquer dia. E o bom pastor auxiliar devia seguir para o norte onde havia falta de um administrador. Ele não se opunha a lavrar e semear outra terra; aqui, o trabalho nem sempre fora feliz. Um sucesso, porém, podia apresentar: conseguira que a irmã de Levion lembrasse daquele outro a obrigação de casar-se com ela. Era o marceneiro do lugar, proprietário de uma casa e dono de algumas economias. Quando o pastor os uniu perante o altar, sentiu uma doce satisfação. Com perseverança infatigável, ainda se conseguia elevar a moral de vez em quando.

Sim, o tempo passava. Graças a Deus! pensou o pastor. Em seu lar existia de novo um pouco de ordem. A nova governanta, uma senhora velha e de confiança, chegara e ele a queria levar ao novo posto. O pastor fora severo, mas ninguém lhe queria mal; quando chegou ao embarcadouro e subiu para o barco, havia muita gente. Rolandsen não perdeu esta oportunidade de ser cortês. O barco particular de Mack, com três tripulantes, estava à sua espera, mas não queria embarcar, antes da partida do pastor e da esposa. Apesar de tudo, o pastor teve que agradecer esta gentileza. Assim como o sacristão Levion carregara a senhora do pastor para terra, assim a carregava agora para o barco. Também para Levion deviam vir dias melhores, pois o pastor lhe prometera fazer o possível para que recebesse de novo seu cargo de sacristão.

Assim tudo voltava ao lugar.

— Se o senhor não fosse para o norte e eu para o sul, podíamos viajar juntos — disse Rolandsen.

— Sim — respondeu o pastor — mas lembremos sempre, querido Rolandsen, que embora sigamos para o sul e para o norte, um dia todos nós nos encontraremos no mesmo lugar!

Assim pregava até o último momento.

Sua mulher, sentada na popa, continuava calçando aqueles sapatos miseráveis; estavam remendados, é verdade, mas isto só lhes aumentava a má aparência. Mas a mulher não estava triste por causa disso, ao contrário, seus olhos brilhavam, estava alegre porque ia a uma outra localidade e veria novas coisas por lá. Mas se lembrava com melancolia de uma pedra grande que o pastor absolutamente não lhe permitiu levar na mala, apesar de ser tão bonita.

Depois se afastaram da terra. Chapéus e lenços foram abanados e os adeuses soaram do barco e da praia.

Então Rolandsen subiu a bordo. Precisava estar à noite em Rosengaard. Ia ser festejado um duplo noivado e também esta oportunidade, de ser cortês, não queria perder. Como Mack não possuía um galhardete no mastro, pediu emprestado um vistoso, vermelho e branco, de um barco de dez remos, e mandou colocá-lo antes de partir.

Chegou ao anoitecer. Notava-se que havia festa na grande casa comercial, as janelas dos dois andares estavam iluminadas, as bandeirolas das embarcações no porto rangiam. Rolandsen disse à tripulação:

— Vocês podem ir para terra e mandem três outros em lugar de vocês. Voltarei para a fábrica à meia-noite.

Rolandsen foi logo recebido por Frederik, que estava de excelente humor. Tinha agora boas perspectivas para o posto de piloto do navio costeiro; assim podia casar e conseguir alguma coisa na vida. Também o velho Mack estava satisfeito e ostentava a Ordem que lhe fora concedida pelo rei, quando de sua viagem à Finlândia. Só Elise e o comandante não eram vistos; com certeza estavam arrulhando em alguma parte.

Rolandsen tomou alguns copos para enfrentar com serenidade os acontecimentos. Sentou-se ao lado do velho Mack e falou sobre os negócios: havia, por exemplo, a tinta que descobrira, ainda parecia sem importância mas, talvez, ainda podia ser o principal produto. Necessitava de máquinas e aparelhos de destilação. Elise veio durante a conversa, olhando diretamente para Rolandsen, dizendo bem alto boa-noite e acenando com a cabeça. Ele se levantou, cumprimentou-a, e ela continuou andando.

— Ela hoje está muito ocupada — disse o velho Mack.

— E nós temos de estar preparados antes da pesca nos Lofotes — continuou Rolandsen, e sentou-se novamente. Ele mesmo se admirou de sua calma.

— Continuo de opinião que devíamos fretar um pequeno navio e dar o comando a Frederik.

— Talvez Frederik consiga agora um outro posto; mas ainda falaremos a respeito. Temos ainda tempo amanhã.

— Volto à meia-noite.

— Mas não! — exclamou Mack.

Rolandsen levantou-se e disse tão firme e inabalável como podia ser:

— Sim, à meia-noite!

— Tinha por certo que permaneceria até amanhã. Uma ocasião destas! Pode-se dizer, é uma ocasião especial.

Andaram pelo salão, misturaram-se com os outros e conversaram um pouco. Quando Rolandsen encontrou-se com o comandante Henriksen, beberam juntos como velhos conhecidos apesar de nunca se terem visto. O comandante era homem agradável e bastante gordo.

A música começou a tocar. Em três salas estavam mesas postas e Rolandsen apressou-se em ocupar um lugar onde não havia nenhum dos parentes mais próximos. O velho Mack o encontrou na sua ronda.

— Ora, aqui está sentado? Bem, eu queria...

— Muito obrigado — respondeu Rolandsen. Também daqui ouviremos muito bem o seu discurso. Mack sacudiu a cabeça.

— Não, não vou discursar!

Afastou-se com uma expressão pensativa. Alguma coisa não estava correndo bem.

A refeição foi servida, havia muito vinho e grande barulho. Ao tomar café, Rolandsen escreveu um telegrama. Era dirigido a Marie van Loos e dizia que "absolutamente não era tarde demais. Venha na primeira oportunidade para o norte. Seu Ove".

Também isto soava bem, tudo estava bem, formidável!

Ele mesmo levou o telegrama à agência e esperou que fosse passado. Depois voltou. Nas mesas havia animação, trocou de lugar, Elise veio para seu lado e lhe deu a mão. Desculpou-se por ter estado apressada antes.

— Se a senhora soubesse como está bonita hoje! — disse ele e mostrava-se cortês e superior.

— Acha?

— Sempre achei. Sabe que sou um de seus velhos admiradores. Não se lembra como a cortejei no ano passado?

Este modo de falar não a agradava, afastou-se. Pouco depois encontraram-se de novo. Frederik abrira o baile com a noiva e ninguém prestou atenção à conversa dos dois.

— Ah, sim, devo dar-lhe lembranças de uma velha conhecida, Marie van Loos.

— Sim?

— Ela ouviu dizer que vou casar e quer ser minha governanta. O senhor a conhece melhor do que eu, ela é competente?

— Sim, muito competente. Mas não poderá ser sua governanta.

— Por que não?

— Porque lhe telegrafei agora à noite, oferecendo-lhe um outro lugar. Ela é minha noiva.

A orgulhosa Elise estremeceu e o fitou.

— Pensei que estivesse tudo terminado entre ambos. — A senhora sabe, é um velho amor... De fato, estava tudo terminado, mas...

— Ah, sei.

— Acho que tão bonita como hoje a senhora nunca esteve! Este vestido, este veludo vermelho-escuro!

Estava satisfeito consigo, quem poderia supor o mais leve nervosismo nestas palavras?

— O senhor nem gostava muito dela.

Ele notou que seus olhos estavam úmidos e espantou-se. Também sua voz velada o deixava confuso e a expressão de seu rosto repentinamente se transformou.

— Onde está agora sua extraordinária calma? — exclamou ela, rindo.

— A senhora tira-me a calma, murmurou.

Ela acariciou de leve a mão dele e se retirou. Atravessou as salas, não via nem ouvia ninguém, prosseguindo sempre. No corredor, estava seu irmão, que a chamou; virou para ele o rosto sorridente, onde as lágrimas caíam pelas faces e correu escada acima para o seu quarto.

Quinze minutos mais tarde veio seu pai. Ela enlaçou seu pescoço e disse:

— Não posso.

— Vamos, está bem; mas agora deve descer e dançar. Já estão perguntando por você. Que foi que você disse a Rolandsen? Está tão diferente! Você foi de novo descortês com ele?

— Não, certamente não. Não fui descortês.

— Do contrário teria que pedir desculpas bem depressa. Ele embarca à meia-noite.

— À meia-noite? Então já vou.

Num instante Elise se arrumou. Desceu e procurou o comandante Henriksen.

— Não posso — disse-lhe.

Ele não respondeu.

— Talvez me arrependa; mas, é impossível.

— Sim, sim — disse ele apenas.

Como ela não podia dar mais explicações, o comandante também se manteve em silêncio e o assunto ficou encerrado. Elise foi ao telégrafo e telegrafou para Marie van Loos, dizendo que "não devia levar em consideração o pedido de

Ove Rolandsen, pois não fora a sério. Espere carta. Elise Mack".

Depois voltou para casa e tomou parte no baile. — O senhor volta mesmo à meia-noite? — perguntou a Rolandsen.

— Sim.

— Eu também vou. Tenho algo a resolver. E novamente acariciou a mão dele.

A presente edição de RAINHA DE SABÁ de Knut Hamsun é o Volume de número 14 da Coleção Excelsior. Capa Cláudio Martins. Impresso na Líthera Maciel Editora e Gráfica Ltda., à rua Simão Antônio 1.070 - Contagem, para a Editora Itatiaia, à Rua São Geraldo, 67 - Belo Horizonte - MG. No catálogo geral leva o número 01031/1B. ISBN. 85-319-0718-7.